Erwin Grosche

Über das Abrichten von Grashüpfern

Kleinstadtgeschichten

ERWIN GROSCHE

Über das Abrichten von Grashüpfern

Kleinstadtgeschichten

Mit einem Vorwort von
HANNS DIETER HÜSCH

IGEL Verlag *Literatur*

Erste Auflage Okt. 1989
Zweite erweiterte u. verbesserte Auflage Mai 1990

Alle Rechte vorbehalten

Copyright © by

Igel Verlag Literatur
Brüderstraße 30, 479 Paderborn

Satz: EINSATZ, Paderborn
Druck: Paderborner Druck Centrum
Bindung: Paderborner Druck Centrum

ISBN 3-927104-03-5

Inhalt

Vorwort von Hanns Dieter Hüsch	7
Schau Fenster	11
Die Tüsshaus-Trilogie	22
Von einem Gang	34
Vom Bäcker des Dorfes	37
Die sieben vor Zwei Uhren	45
Das schwarze Glück	47
Über das Abrichten von Grashüpfern	52
Tegelblues	55
Patharbrunnon	64
Über das Herumstehen im Raume	68
Von der Weissheit der Bäcker	73
wahrheiten über busse	76
Von der wärmsten Stelle des Lebens	86
Brunnengeschichten	91
Von einem Arbeitskollegen	101
Die Visionen der Pauline von Mallinckrodt	104
Zum guten Schluss: Siamesische Liebessprüche . . .	116

Vor-Wort

Liebe Freunde und Freundinnen,
ich weiß nicht, in welcher Verfassung Sie sich befinden, in welcher Küche Sie gerade spülen oder abtrocknen, ob Sie in einem Hochhaus handeln und wandeln oder nachts auf einer Parkbank meditieren, anyway, ich bin der Moderator und möchte Sie zu den folgenden Geschichten überreden, derart, daß dieses Buch zu einem, nämlich Ihrem Gesangbuch werden könnte, voll mit ganz tiefen religiösen Ironien, die man sich kaum vorstellen kann. Poetische Arien, literarische Gesänge oder einfach, bescheiden wie Erwin Grosche, Kleinstadtgeschichten. Kleinstadtkunst. Kleinkunst. Aha, da kommt das also her. Nein, nein, es kommt aus dem Kopf eines Westfalen mit lateinamerikanischer Fantasie. Und so etwas wächst, blüht und gedeiht nur in einer Kleinstadt. Als läge sein Paderborn mitten im Urwald des Gabriel García Márquez und der Geschichtenerzähler Grosche arbeitete mit feinsten Macheten die schönsten Lianen heraus.

Ich muß gestehen, ich habe diese großartigen Kleinkunstgeschichten zum erstenmal an der Westküste Portugals, in Cascais, gelesen, und zwar liegend, am Swimming-pool, immer abwechselnd, mal Saul Bellows „Humboldts Vermächtnis", dann wieder Erwin Grosches Mikro-Kunststücke, z. B. die von den verzauberten Marathonläufern, nämlich die „Grashüpfergeschichte". Wie gesagt, liegend, die Korrekturfahnen gegen die ehemalige Mozambique-Sonne haltend, liest das niederrheinische Kleinstadtkind den James Joyce von Paderborn. Ich habe diesen Regenbogenmacher auf der Bühne bisher nur kurz und flüchtig erlebt. Wir Kleinkünstler leben viel zuviel aneinander vorbei. Mein Freund Artur Bergk vom Mainzer Unterhaus hatte mir schon vor Jahr und Tag immer wieder gesagt: „Hör Dir den Grosche an, der macht ganz neue Kleinkunst. Das wird Dir gefallen." Achja, es gibt sie doch noch, die Kleinstadtphilosophen, die Entertainer aus der Backstube des Lebens, die nicht ständig mit Pauken und Trompeten immer nur über die Bundesrepublik herfallen. Sohn eines Bäckers müßte man sein, dann hätte man viele Rosinen im Kopf, kleine und große, süße und saure, unschuldige und schuldige, ganz öffentliche und ganz versteckte, verborgene, staunende und ängstliche, jedenfalls alles Lebensmittel, die Glanz in unsere Hütten bringen, ganz heimlich und ganz unheimlich, heimelig und sogar heimatlich, ganz warm und voller Gemüt, und dann klingt die Grosche-Welt wieder, als wären alle Orgelpfeifen aus Eiszapfen. Das Auge des Bäckersohnes ist unerschöpflich. Ich ertrinke in Schaufenstern und Brunnen. Ich lasse mich auf kühne Behauptungen ein. Wissenschaftler vermuten, Dichter behaupten. Grosche behauptet mit Tüsshaus: „Sich wehren heißt zweifeln, was ich vertrete, braucht keinen Kampf. Scheitern scheint nur Bestätigung, sogar Erneuerung." Jawoll, ganz meine Kragenweite, Meister Tüsshaus. Nun will ich aber nicht zum Zitator werden, wie gesagt, ich bin nur der Conférencier, der die Geschichten schon unter der Haut hat. Ich hab meine Liturgie schon hinter mir. Und wie! Was kommt zuerst, Begeisterung und dann Verklärung? Oder Verklärung und dann Begeisterung? Ich schwimme ein bißchen im Pool herum, hauptsächlich um meine Lungen auf Trab zu halten, und denke an Grosches schöne Sätze, wie: „Brot muß gut durchgebacken sein, bis ins Mark." Oder: „Aber das Leben geht weiter und niemals ohne Brot." Weiß Gott, ich freue mich tot an solchen Sätzen. Ich lebe schon lange davon, daß mich unbestechliche Worte mitten ins Herz treffen. „Die wärmste Stelle des Lebens zum Träumen ist auf einer Langspielplatte immer das vierte Lied auf der zweiten Seite", heißt es in der Geschichte von Paul. Aber ich will, ich darf nichts vorwegnehmen, ich bin nur der Ansager, aber bitte, lesen Sie das Prosagedicht „Von einem Arbeitskollegen" zweimal! Und Sie können allen humanen Sozialismus oder sozialen Humanismus nach Hause schicken.

Erwin Grosche sollte eines Tages einen großen Roman schreiben, ein großes Theaterstück mit vielen, vielen Stimmen, ein szenisches Spiel für sprechende Menschen, wie Dylan Thomas' „Unter dem Milchwald", aber diesmal unter dem Milchwald von Paderborn. Aber was rede ich, schreibe ich. Natürlich macht er das, eines Tages. Die Vorarbeiten sind ja schon beendet: Siehe oder lies den „Tegelblues" und „Patharbrunnon" oder auch die Komödie über die Busse oder die concertanten Gedanken über Gänge und Herumstehen! Einfach nur so. Steigen Sie ein! Gehen und stehen Sie mit!

Übrigens, dieses Vor-Wort können Sie auch nochmal als Nach-Wort lesen, denken Sie an: „So schließt sich der Kreis." Nun muß ich aufhören, denn auf meiner Uhr heißt es schon wieder: Sieben vor ZWEI.

Ich verneige mich vor so viel Spaß und Trauer, vor so viel Gemüt und Heiterkeit, wie ich sie auf allen Seiten und Saiten dieses Buches erleben durfte.

Hanns Dieter Hüsch

Cascais
Köln
Ende August 1989

„Neueste Herrenkleidung, so vor wenigen Stunden im Süden der Provinz Sinan erfunden worden-" buchstabierte ich von einem winzigen Schildchen, in der rechten vorderen Ecke, ...
(Arno Schmidt, Mein Onkel Nikolaus)

Schau Fenster

ACH jemand bezeichnete die schaufenster als tapeten für stadtgänger pausen zwischen den wörtern   nächtliche zeichen der erdbewohntheit   die welt   ein unvorstellbares schaufenster und tiere und menschen und dampf und rauch und regen   alles bewegende   das sich bewegende ein preis für zwanzig pfennig in den ritz   den schlitz geworfen   der lebenswille mit zwanzig pfennig ausgelöst   in der vitrine geht das licht an   nacht heißt unser nicht gebraucht werden die genialen bewegenden ahnen modelleisenbahnvitrinen auf bahnhöfen voraus   leben im terrarium   einmal die woche versammelt im kirchenmarmeladenglas   während draußen die welt geordnet wird gesäubert von all dem sterbenden dreck   im frühling sticht ein spatenstich in die welterde und dreht sie um   menschen stehen kopf und verlieben sich .

und schau ich hin   so schaust du her   und schau ich her   so schaust du hin   das macht mir wirr den sinn   schau doch nur ein einzig mal   mitleidsvoll in meine liebesqual   schwäbisches volkslied gesungen vom chor der skianzugsgruppe (ein mann eine frau zwei kinder w m ein schneemann)

schaufensterpuppengruppierungen   vier puppen in abendkleidern handtasche handschuhe sektgläser konfettikanone im hintergrund vier puppen im strandkostüm familie glück 2m1W1K wasserball kofferradio jung ohne bauch   drei puppen in unterwäsche zueinandergeordnet   2m1W scheinbar im zwanglosen gespräch   eine puppe W trägt zur andeutung der entspannten atmosphäre ein kissen   drei puppen im priesterkostüm 3m kein kopf kein lachen höchstens ein kelch   vier puppen in kinderkleidung 4K tornister schultüten eine eisenbahn dreht achten zwischen füßen   vier puppen nackt   ohne arme in ecken angelehnt irr grinsend die stimmung falsch einordnend

1. Sieneke Möbel

Das Schaufenster weiß nicht, wofür es werben soll, konzeptionslos vollgestopft, versperrt es den Blick für das, was es verkaufen will, Möbel, Einrichtungsgegenstände. Ein Möbelramschgeschäft mit 7 Inhabern, die alle gezwungen wurden, das elterliche Erbe anzutreten, alle 7 hassen Möbel „wie Bayern München" und spielen lieber Fußball in den vollgepfropften Verkaufsräumen, was sich bei ihren Wohnzimmerschrankkombinationen auch anbietet. Der jüngste von allen darf das Schaufenster überfüttern:

Es lacht das Schwein mit dem Salzbrezelringelschwanzständer. Es hüpft der Merkblattfrosch mit einem Nagel auf dem Kopf durch den Elefantenbuchständerurwald.

Es betet die Krippentruppe im Mai, während sich ein Schaf fortstiehlt zu kleinen Gartenzwergen, die lässig auf einem Kunststoffrasen liegen und den Badenixen beim Füttern der Plastikgoldfische zuschauen.

Es schlängeln sich die Ledergürtel im Glaskasten wie auf einer Reptilienvollversammlung.

Ein altes Brot riskiert einen Blick aus einem Toaster wie ein Hai.

Blindenplaketten und Armtücher liegen unbeachtet neben einem goldenen Zweiglein und einem Buch: Das Nibelungenlied (in der Neuerzählung von Franz Fühmann), welches sich auf folgender Stelle ausruht: „Inmitten des Horts lag auch ein goldenes Zweiglein, das beachtete keiner, denn es schien nur Gold unter Gold. Nicht einmal ein Stein war daran, und so schien es gering. Darum kam auch keiner darauf es zu erproben. Es hätte aber jeden, der es gebrauchte, zum Herren der Welt machen können, doch es konnte keiner etwas damit anfangen. Siegfried hatte die Kraft des Zweigleins vielleicht gekannt, aber er hatte sie nicht brauchen gewollt…"

Überladen wie der Dachboden einer kinderreichen Familie erschlägt uns das Schaufenster mit einem sinnlosen Tumult wie auf einem Heavy Metal Konzert, auf dem sich auch eine Pilgergruppe, ein Trachtenverein und die Leichtathletikstaffel vom SV Remscheid zum Picknick eingefunden haben. In die „Riesenauswahl Schlafzimmer", die auf der Eingangstür angekündigt wird, müssen sich die 7 Geschäftsinhaber zurückgezogen haben und träumen von Bränden und Versicherungsgeldern und vom Schneewittchen.

ACH wohnt im blumenladen der blumenkönig   wohnt im bäckerladen der brotkönig   wohnt im kartoffelgeschäft der kartoffelkönig   wohnt im haushaltswarengeschäft der haushaltswarenkönig   in den öden fensterhöhlen wohnt das grauen (schiller lied von der glocke)

    manchmal erschien es   als herrsche eine latente kurz- und weitsichtigkeit   als gäbe es nur brillenträger   so viele optikerfachgeschäfte waren in einer straße zu sehen oder nur unscharf zu sehen   manchmal erschien es   als bestände ein ungeheuerlicher bedarf an handtaschen als setze sich eine stadt nur aus handtascheninhabern und handtaschenräubern zusammen   und jeder dritte von ihnen ist leiter eines handtaschenfachgeschäftes   und jeder zweite führt ein versicherungsbüro welches sich spezialisiert hat auf die versicherung von handtaschen manchmal erschien es   als regne es nur in dieser stadt   so baumelten schirme wie fledermäuse von bäumen   so breiteten sie ungefragt ihr dach aus und warben für ihren kauf   zum glück gab es in der stadt genug verliebte die sich mit blumen umstellen und dafür sorgen   daß die blumengeschäfte sich in liebesläden verwandeln   wie zur erinnerung nur immer verliebt zu sein

2. Salon Renate Wuff

Wir bieten Ihnen bei Dauerwellen die Wärmebehandlung von morgen: Welonda Climazon. Neu! Medizinisches Haarwasser aus China. Stoppt Haarausfall! Kräftigt dünnes feines Haar. Aktiviert neuen Haarwuchs. Nur beim Friseur. Sofis blu.
    Slalom Haarlack, perl gloss, Haarbalsam, verwöhnt anspruchsvolles Haar, verleiht schimmernden Glanz. Coiffeur Haarlack, L' Oréal PARIS, Sonderangebote: waschen, schneiden, fönen — 15 DM — Aushilfe GESUCHT!
    Spraydosen wie umgeworfene Kegelpuppen, wie gestürzte Könige. Viermal im Jahr wird die Kreativität einer ungeschickten, nervösen Dekorateurin überfordert. Man spürt, hier dekoriert die Chefin selbst. Es ist die gleiche, die Herrn Wessler ein Herz in die Haare schnitt, als sie Liebeskummer hatte. Zum Glück tobt sich Frau Wuff seitdem in ihrem Schaufenster aus.

Zu Weihnachten reiten Engel auf Spraydosen, fünf Spraydosen, auf dem Boden gespreizt, wie eine ausgestreckte Hand der verblüfften Wahrsagerin entgegengehalten: „Sie werden sterben im nächsten Jahr, ich sehe es ganz deutlich." Im Karneval schlängeln sich Luftschlangen um Haarfestiger, und irgendein Antischuppenshampoo trägt einen Clownhut. Ostern liegen seltsam bemalte Eier neben bunten Lockenwicklern in Düttnestern, als hätten bekiffte Osterhasen in einer Nacht- und Nebelaktion dieses Trauma gestaltet, ohne Rücksicht auf ihren guten Ruf: „Gemessen an den üblichen Ostereierverstecken muß der Intelligenzquotient der meisten Osterhasen eher bescheiden ausfallen." Im Herbst liegen Blätter auf dem Boden, und ein Drachen steigt aus ihnen empor und riecht nach Taft. Im Winter beschlagen die Scheiben, und ein Bild von einem lachenden Mann mit schwarzem dichtem Haar, der eine großmundige, brünette Riesin auf seiner Schulter abstützt, erinnert an David Hamilton. Beide schönen Ungeheuer tragen trotz der Kälte ein T-Shirt, dem Mann steht Route 66 auf der Brust geschrieben, wahrscheinlich ist er Zahnarzt, sie hat nur schöne Zähne und schönes Haar und erinnert nicht an alte Zeitungen. Sonst ist das Schaufenster leer, als stünde der Laden zum Verkauf bereit, als wären Friseurprodukte schnell verderblich und wetterempfindlich. Im Frühling spielen sich wieder alle Werbeaktionen auf dem Boden ab, als blühe hier gerade etwas hervor wie auf einem Runkelacker, nur der Winterzahnarzt mit seiner prallen Sprechstundengehilfin, die seit kurzem ihr Haar blond trägt, blühen nicht, so reif sind sie.
Schaut man in den Raum mit den Spiegeln, Stühlen und Waschbecken, steht hinter jeder Sitzenden eine Frau: „Ein Blumenkohl sieht aus wie ein Blumenkohl, ein Autoreifen wie ein Autoreifen und ein Klopapierhut wie ein Klopapierhut." Frauen greifen Frauen sachlich in die Haare, unterhalten sich durch den Spiegel vor ihnen über Haare und fegen sie später zusammen wie Herbstblätter. Eine Weltraumastronautin sitzt unter einer Glocke wie ein Käse, die Glocke schreit und die Frau liest ein Goldenes Blatt, auf dessen Titelbild eine Fernsehmoderatorin ihre blonden Haare wie einen Schleier trägt. Die Astronautin unter der Glocke möchte ihr Haar auch so tragen, aber Frau Wuff hat wieder Liebeskummer „und bei Ihrem Gesicht wirds doch nur wieder eine Pudelmütze".

ACH in manchen schaufenstern riecht es nach leder   in manchen riecht es nach brot   in manchen nach blumen und in manchen nach fisch

in manchen schaufenstern liegen fleischbrocken auf marmor in einer blutlache   geviertielt und ohne kopf   als sollten sie auf ewig erinnern an liborius wichard   jenen aufmüpfigen bürgermeister aus paderborn   der am 30. april 1604 sein ende fand   „andern zum exempel und abscheuwen   sich ferner von solchen dingen zu hueten …"   „… ime sein menlich gelidt   darnach der bauch entzwei geschnitten   entweidet und daß herts umbs maul geschlagen und endtlich creutzweiße in 4 stücke gehauwen und auf die fünf pforten der stadt paderborn gehenkt worden …" (klöcknersche chronik)
tiere in kleine häute gezwängt   ein autobahnstau   ein zeppelinumzug   schild in einer fleischerei am haken, wie mittelalterliche strafen: 1. ohrenabschneiden 2. ertränken 3. vierteilen oder ausdärmen 4. verbrennen 5. ausstechen der augen 6. erhängen 7. stäupen 8. enthaupten 9. rädern oder radebrechen 10. abhauen von fingergliedern

3. Haus der Gesundheit

Im Haus der Gesundheit hängen Schilder in den Schaufenstern: Räumungsverkauf bis zum ersten April. Hier stirbt der Gesundheitsglanz einer andren Zeit. Die Tage sind gezählt, es wartet schon das Neue auf eine Nutzung als Lack oder Farbengeschäft und als Fahrschule mit alten Kinositzen. Noch packt Frau Gesundheit Schachteln und Schächtelchen übereinander, wie Bausteine, wie ein verletzbares Kartenhaus, in dem der Wind wohnt. Frau Gesundheit baut kleine Tannenbäume, kleine Siedlungen, kleine Siegertreppchen. Fruchtsaftflaschen stehen aufgereiht wie eine Fußballmannschaft vor dem Spiel. Wie eine Bergwiese voller Blumen erstrahlen die Schaufenster mit all ihren Muntermachern und Gute-Laune-Bringern. Das hohe Alter der Gestalter spricht für die Qualität ihrer Verkaufsprodukte. Die Lettern der Werbeschrift des Geschäftsnamens: HAUS DER GESUNDHEIT, stammen aus einem Scrabblespiel. Der Räumungsverkauf im Haus der Gesundheit müßte die Kranken der Stadt anziehen. Hier gibt es eine Lunge für die Hälfte und ein Herz mit zwei Kammern für Studenten, hier wartet eine intakte Leber auf einen Säufer und ein Gesicht auf einen Politiker, damit er seinen Arsch endlich wieder in die Hose stecken kann.

ACH schaufensterpuppen im strandlook brauchen kein sonnenöl   schaufensterpuppen kommen braun auf die welt   ihre arme und beine sind abschraubbar und in ihren funktionen begrenzt   schaufensterpuppen öffnen keine erbsendosen mit einem dosenöffner   schaufensterpuppen pflanzen sich nicht fort   ihre scheinbare erotik ist auf die erwartungshaltung eines menschlichen betrachters ausgerichtet und es ist eine kalte   als passe dazu am ehesten elegante kleidung   schaufensterpuppen sind deshalb auch hochgewachsen   vermeiden jede form von behinderung und haltungsfehlern   schaufensterpuppen ziehen sich weder selber an noch aus und sind deshalb in ihren erscheinungsformen den launen und trends und der jahreszeit unterworfen   ihre kleidung ist immer ihre berufskleidung und sie tragen des nachts keine schlafanzüge außer sie tragen diese auch tagsüber   sie werden nie eigens wegen der nahenden dunkelheit umdekoriert   schaufensterpuppen schlafen nie, und es löscht auch niemand in ihren glaskästen zur wahrung der intimsphäre das licht   schaufensterbewohner haben kein privatleben und keine freizeit   schaufensterbewohner werden nur so angeordnet, als kennten sie das leben   ihre kinder werden ihnen dazugestellt   sie sind gleich vier jahre alt und könnten der ähnlichkeit nach alle männlichen puppen zum vater haben   schaufensterbewohner leben nie allein   kleine familien   kleine heterogene oder gleichgeschlechtliche gruppen sind üblich   puppen mit einem gleichen geschmack einer einheitlichen gesunden entwicklungsstufe   puppen ohne charakter ohne system in einer gleichgeschalteten umgebung   schaufensterbewohner gähnen nicht und haben keine eile   sie werden nicht älter   sie sind momentaufnahmen   unmenschliche momentaufnahmen im schneewittchenschlaf   sie reden nicht miteinander   hören keine musik   machen sich nichts aus betrachtungen menschlicher augen   schreiben keine tagebücher   sammeln keine erinnerungen   haben keinen rachenraum und keinen mundgeruch   ein plastikzoo   schaufensterpuppen haben ein ziel in den augen von dem sie nichts wissen   vielleicht träumen sie vom allein sein   vom altern   von falten   von weichheit   vom verwundbarsein   von berührungen   die man fühlt

4. Zoohandlung Schmallmann

In der Jugendstrafvollzugsanstalt Schmallmann sitzen die berühmten Krausekaninchen. Wer erinnert sich nicht an ihren dreisten Salatdiebstahl im Müllerschen Schrebergarten, der nur dank eines aufmerksamen Maulwurfes vereitelt werden konnte. Im Strafvollzugsgebäude Schaufenster 1 sitzen die Rosenköpfe, eine Sittichart, die ihren Großkäfig teilen müssen mit schweren Papageien, einer Gang aus Brooklyn. Das Schaufenster 4 kündet vom Ende des Sommers, als hätten sich dort die Vögel gesammelt, um in den Süden zu fliegen, oder treffen sie sich dort nur, um, exotisch herausgeputzt, nahe Verwandte im Safaripark Stukenbrock zu besuchen? Das Schaufenster 3 war den Meerschweinchen reserviert. Die verängstigten Tiere trafen sich gerade auf einer ihrer gefürchteten Eckversammlungen und brüteten einen schlauen Fluchtplan aus. Meerschweinchen Sobrovnik schlug vor, die Sittiche zu bitten, sie alle nach draußen zu fliegen. Der Vorschlag wurde begeistert zur Kenntnis genommen, dann schliefen erst einmal alle eine Runde und vergaßen, daß sie Meerschweinchen waren und bei Schmallmanns saßen.

ACH kleine hunde starren auf tausend dackelhausschuhe im salamanderfachgeschäft   draußen stehen schuhe aufgereiht auf einem tisch wie auf einem großparkplatz   anwesend sind nur die linken schuhe wegen der schuhdiebe   ihre rechten schwestern liegen während der zeit im karton im geschäft in der bequemen seitenlage mit ausreichend platz   inzwischen schleichen einbeinige scheinheilig um den stand herum und grinsen hämisch   katzen vor dem wollgeschäft liebäugeln mit knäueln   ein kleines kind verliebt sich vor einem zoogeschäft in einen fisch   elf priester streiten sich vor einem priesterkleidungsfachgeschäft um das problem der kurzen hosen im sommer   ein schönes bild in schwarz-weiß   gerade wenn sich die kurzen-hosen-befürworter durchsetzen sollten   die dünnen priesterbeinchen haben noch nie sonne gesehen   ein schaufensterputzer putzt das schaufenster eines geschäftes für schaufensterputzerberufskleidung   ein liebespaar steht vor einem blumengeschäft und ahnt plötzlich   daß seine liebe nicht ewig dauern kann   der elefant steht vor einem porzellanladen und überlegt   ob er seiner freundin eine rüsseltasse kaufen soll ein altes unverheiratetes paar steht vor einem schmuckgeschäft und schaut sich hochzeitsringe an   dann sagt er etwas und sie schüttelt stolz den kopf   eine nonne steht vor einem zeitungskiosk und wird rot   obwohl der kioskinhaber alle zu beanstandenden stellen mit kreisen und dreiecken abgeklebt hat   ein kinobesucher steht vor dem kinoschaukasten und wartet vergeblich auf den film von der letzten versuchung von martin scorcese   aber der läuft nicht in der kleinen katholischen kleinstadt   man fährt zu dem film in die nächste größere stadt mit dem bus mit anschließender diskussion   ein kind steht vor einem eisgeschäft und heult   winterpause   ein engel steht vor einem devotionaliengeschäft und lacht   menschen stellen sich engel vor als menschen   nur mit flügeln   banken stellen kein geld aus   sie wohnen in palästen und warten   daß die menschen zu ihnen kommen   kirchen stellen keine heiligen aus   sie warten   daß die menschen zu ihnen kommen   oder stellen banken geld aus und kirchen heilige   dann sind reichtum und religion etwas äußerliches geworden

5. Reineke-Fuchs-Brotschaukasten

Der Reineke-Fuchs-Schaukasten, Brot, Bier und T-Shirt, ist der schamloseste Schaukasten der Stadt. Reduziert auf die niedrigsten Genüsse, Brot, Bier und T-Shirt, angestrahlt vom kalten Neonlicht, umgarnt mit einer abbröckelnden Korktapete, zog er Rohheit und Dummheit an. Mit Erfolg. Schon bald wurde der Kasten am Rahmen aufgebrochen und geplündert. Nun steht der Schaukasten leer, Krümel von Styroporbrotattrappen liegen auf dem Boden. Des Nachts beleuchtet immer noch die Neonröhre das Ende der Welt, die Leere der Nacht, die Einsamkeit der Kälte vor verfranster Korkimitationstapete. In dem leeren Schaufenster liegen nur noch tote Schneider, Mücken und Spinnen wohnen in den Ecken, doch was keiner gern gesehen hat, wird von keinem ungern vermißt. Manchmal flackert das Neonlicht, als background der Mückendisco...

ACH menschen sitzen an bushaltestellen in grauen unterirdischen betonfallen   warten auf eisenbänken und bewegen sich nicht   sie sind angezogen wie schaufensterpuppen aus einem second hand shop   angezogen mit ausgebeulten jacken und zerschlissenen hosen haben sie einen rock   der zu meinem gesicht passen könnte   falten-röcke gibt es in der dritten abteilung   haben sie eine hose   die ich mir leisten kann   spendierhosen führen wir nicht   das wirkliche leben ist schlecht beleuchtet   ist kalt   stinkt und langweilt sich ohne musik   so haben die himmlischen erdengestalter uns als testreihe abgeschlossen und wissen nun   daß die menschheit an ihren fehlern zugrunde gehen wird   aber wenigstens gut angezogen und mit einkaufstüten in den händen   so sollen wir enden   fehler muß man lieben

Die Tüsshaus-Trilogie

1. Tüsshaus' Traum

Nicht alles, was Gold ist, glänzt. Die Farbigkeit der Träume war vor der Nutzung der Farbphotographie undenkbar. Träume sind grau, gerade nach 45, und manche Städte so zerstört, daß sie als unbewohnbar gelten „gleich einem übertünchten Grab, das an anderer Stelle wieder aufzubauen sei".

Städte voller Frauen, die noch immer in den Himmel schauen und leeren, hohen Bauten links und rechts von ihnen sonderbaren Platz zulassen.
Die steinernen Heiligen stehen schwarz und sonst unbeschadet auf ihrem Sockel, schwelgen wie scheinbar unberührt aus dem Steinhaufen der fragwürdigen Geschehnisse.

Zu ihren Füßen, zufällig geeint, Twehle, Wigge, Gewaltig und Tüsshaus, „der, schon jetzt weißhaarig, wie so oft selbst beim ‚Schaffen' am Beten ist".
Die Twehle wie immer am „Schnuckern", so Wigge, „wenn auch nur Rüben", doch weiter:
Wigge, Messer im Bund, sticht hindurch, Querelen und Staub, Striche ziehend.
Gewaltig singt — großartig, Hände aufhaltend, es regnet.
Alles bahnt sich einen Weg durch den Schrecken, der längst vorbei, doch so nah ist. Räumen beiseite viel Überlegenes, schaffen aus nichts was am nächsten liegt:
Wigge den Laden für Messer, scharf und von Nöten, wie auch er selber;
Twehle ihr Schloß für Pralinen und Bonbons, was ihr den Spitznamen 'Süße' einbringt.
Gewaltig trägt Flöten zusammen, schwer auch Klaviere, vor allem Noten, LITT AN SchlagZEUGEN und Bongos;
Tüsshaus, erfüllt von dem Anblick der Heiligen, hat Bilder, Kreuze, Ikonen, posthum fürs Verzeihen, für das Bunte die Rahmen, egal welcher Art.

Die Welt schreit nach „büßen" und „beten", alles in Farbe, gerade das Kleinbürgertum. Devotionalien.

Seltsame Gruppen ewig staunender, ewig verehrender Menschen umlagern das unglaubliche Wunder im Stroh. Diese Hoffnung, die so selten lächelt und grad als Kind — unüblich — Macht ausstrahlt.

Alle blicken herab, sogar die Tiere, hilflos staunend postiert um das Zeichen, das sich in Windeln und nackt zeigt.
Wär dies dem Menschen als Bettler, als Engel, als Stern erschienen, das UnFASSbare wäre erkennbarer.

Drei Weise aus dem Morgenland knien vor einem Preisschild, gebeugt: Krippenformation, handgeschnitzt 185 DM. (Die daneben angeordneten Gruppenformationen, streng getrennt nach Caspars, Melchiors und Balthasars, erinnern detailgetreu an das Schlußbild der Eröffnungsfeier der Olympischen Spiele in München, wo die angetretenen Mannschaften, nach Ländern und Farben gruppiert, den Hymnen und Grüßen lauschen. So stehen Caspars neben den Melchiors und jene neben den Balthasars.)

Bilder künden vom möglichen Glück. Nachbildungen, Gnadenbilder, Maria Einsiedeln aus Altötting, der glühende Stab Aarons, die goldenen Gefäße aus dem Jerusalemtempel, Mane Thekel, Phares — gezählt, gewogen, geteilt.

Weihnachtsgrußkarten sind (noch vor den Beileidsbekundungen, den Segenswünschen und den Geburtstagsgrüßen) nach vorne sortiert, in dem hölzernen Kasten, gilb und quilltgelb. Hunde-, Katzen-, Rin-tin-tin-Karten, Schlußpilz der Reihe, künden gescheitert von Expansion. Ihr Schicksal liegt im Sonderposten für 10 Pfennig, bei Abnahme drei.

Neun Betschwestern suchen Rosenkränze, lebensbegleitende, für einen „noch nicht frommen" Jungen. Tüsshaus empfiehlt robuste aus Holz „ohne Corpus geschnitzt". Sie kaufen den dornenvollen, den nicht modische Sehnsüchte entlockenden, den schlichten, hervorzaubernden.
Eine Frau in Mull sucht für ihr neues Heim, ein ihr zugewiesenes, ein Leid auffangendes Kreuz in Grün.

Tüsshaus sitzt, unbeweglich, zwischen strahlenden Erscheinungen, ist wie umstellt von ihnen, wie der unscheinbare Gast von illustren Gästen, wirkt ohne sie wie inkognito, auf Straßen wie Besuch vom Mars.
Kunden sagen ihm Stigmen nach, andere nur Ungeschicklichkeit.
Kinder lachen ihn wegen der sich ergebenden Glatze aus, aber das passierte selbst dem Propheten Elisa. (2Könige 2,23)

„Der Leib des heiligen Franz Xaver ist noch ganz unversehrt. Vom heiligen Johannes Nepomuk ist die Zunge noch unverletzt, ebenso vom heiligen Antonius. Das Blut des heiligen Märtyrers Januarius wird von Zeit zu Zeit wieder flüssig. Der Leib der heiligen Theresia strömt einen lieblichen Wohlgeruch aus. Den Gebeinen der heiligen Walburga entfließt ein wunderbares Öl".

„Maria aus Plastik mit Shampoo gefüllt, das geht zu weit" — und das selbst ihm. ER auf dem Wackelbild, mit zwinkerndem Auge „ist schon genug" und „geht gegen den Strich". Die „‚Bild' der Gläubigen" im Abonnement „ist das letzte", worauf er sich einläßt. „Glauben muß sein, aber mit Wissen, auch mit dem Nichtwissen des Wissens".

„Die kostbarsten Reliquien sind die von Christus, besonders die Leidenswerkzeuge. Hochverehrt wird das heilige Kreuz. Ein großes Stück befindet sich in der Basilika Santa Gerusalemme in Rom, ein anderes in der Kathedrale Notre Dame in Paris; kleine Teilchen (Partikel) sind fast in jeder Kirche. Die Dornenkrone Christi wird in der heiligen Kapelle zu Paris aufbewahrt. Von den Nägeln ist einer in der Königskrone zu Monza, ein zweiter ist in Paris, ein dritter in Madrid.

Das Schweißtuch mit dem heiligen Antlitz des Herrn wird in der St. Peterskirche zu Rom verehrt."

Tüsshaus' Traum sandet in einer Plastiktüte, gefällt mit Spott und Nippesporzellan. Unbemerkt nimmt er Abschied, weidet im Oberflächlichen.

Die Zeit schreit nach Anglizismen: DEKO CITY CENTER, FAST FOOD, SECOND HAND.

Tradition aus zweiter Hand, neu gestaltet — wie schon gebraucht. Welche Maximen in Glaubensreliquien. „Bilder sind Poster und keine Bilder-Erinnerungen."

„Man kann nur auf der Strecke bleiben, wenn man Stolz besitzt", und den besitzt Tüsshaus, zum Beispiel auch Alter — und das unausweichlich.

„Sich wehren heißt zweifeln", so Tüsshaus, „was ich vertrete, braucht keinen Kampf. Scheitern scheint nur Bestätigung, sogar Erneuerung."

„Es trägt sich selbst, entschuldigen müssen sich andere" und „werden sich nie" und „wer nicht weiß, weiß nicht" und „unmöglich wissend zu machen."

Mane Thekel Phares — gezählt, gewogen, geteilt.
„Herr, schlage dies Volk mit Blindheit nach dem Wort Elisas." (2Könige 6,18)

2. Tüsshaus' Tanz

Tüsshaus verbeugt sich, lächelt in die Besenkammer. Man einigt sich auf Walzer. Zum Glück. Tüsshaus beherrscht nur den, auch den nur vom Zusehen.

Tüsshaus führt mutig: Zwei links, zwei rechts, Ausfallschritt. „Ist das Walzer?"

Den Besen stört's nicht, weder der Zweifel noch die Schritte. Steif wie Tüsshaus übt er, zum Wunschkonzert, WDR Eins, Ball. Nachher der Handkuß. Tüsshaus beugt sich, küßt fast sachlich, rituell seine rechte, erotisch verspielt, nur ahnungsvoll, kein Schmatzen oder Geräusche. Natürlich, das muß man wissen.

„Soweit zum Weltlichen", taxiert Tüsshaus, schwingt hinunter „zum Praktischen" und fegt, Staub des Sommers, trocken aufwirbelnd. „Das hätten sie sehen sollen: wie Tango, fast — um modern zu sein — Cha Cha Cha".

Nachher schlägt er den Partner aus, an der Ecke zum Porzellangeschäft, aber sanft, „soviel Achtung muß sein", außerdem ist Libori und „Libori ist Urbi et Orbi".

Es ist Tüsshaus-Tag. Die Sonne schlendert umher wie ein Tourist. Tüsshaus hat die Waschmaschine „am Laufen" und streckt sich vor Wohlsein an der Ladentür, so als wollte er „knacken".

Er hebt sich — sogar in den Schuhen.

In den Straßen ist Trubel, Tüsshaus hört die Klänge von Blasmusik, nicht schön, aber laut und folgt dem Schmettern.

Messerwigge hängt fast im selben Schwungschritt „GESCHLOSSEN" an die Tür, hat es nicht weit, steht fast im Dröhnen von Tuba.

Die süße Twehle, heute von links, kennt wohl die Flöte, schwätzt wie Fagott, „besser als Teufel", so Wigge.

MusikGewaltig fehlt, fehlt wie immer, hört sicher Orff, vergißt dabei alles.

Die drei andern seh'n sich von weitem, winken, wie auf einem Schiff ‚An Land Stehenden'. Dann, als man näher ist, wird geklopft und umarmt; Wigge kann jetzt „gut was gebrauchen".

Die süße Twehle, als Dünnste, schiebt sich schnell vor, verschwindet im Treiben, das sich nun eng „auf Füßen steht". Messerwigge schwitzt schon „vom Hinsehen".

Sie kämpft „süß", „wendig wie Messer", so Wigge, hat drei Bier dabei, nicht gut gezapft, „aber DER Tag ist lang" — Tüsshaus-Tag.

Sie stoßen an, lachen, lachen vor Unsinn den Boden an.

Dann geht Messerwigge, nach Schubsen und Knien, braucht sehr lange, dick wie er ist, vielleicht zu zaghaft.

Tüsshaus sagt beim PROST „Sülzgürtel", und alle drei kreischen wieder; ‚warum' weiß nun niemand. Dann wird es ernst, vielleicht weil es spät ist, Wigge zitiert Lucas, und zwar 11,17: „Jedes Reich, das wider sich selbst uneins ist, wird verwüstet werden". Tüsshaus widerspricht, „... aber das Göttliche nicht, das ist von wahrer Dauer", sieh' Matth. 16,18.

Die süße Twehle sucht zu schlichten: „was redet ihr denn?"; außerdem grinst sie, zu breit und dauernd, wiegt sich in Hüften, hält das Glas fest „wie einen Straußenhals", der fort will und röchelt. Die Viere sind wieder einig und Tüsshaus sagt, „das ist Tüsshaus-Tag".

Die Zeit verdoppelt sich, auch das Rathaus, selbst die Biere gibt's im Doppel. Heut' soll niemand allein sein.

Weiter schreitet die Zeit voran, alle „finden die Twehle süß", die ‚Süße' sagt: „Wigge, Wigge, vom Tüsshaus schneid' dir was ab".

„So wahr ich der Messerwigge bin", lacht Wigge und hebt die süße Twehle auf den Strauß, der wie eine gezierte, gespreizte Hand vor ihr den Handkuß erwartet.

Zu spät entdeckt Twehle, daß sie auf ihre eigene (gezierte und gespreizte) Hand blickt, falschrum auf dem Strauß sitzt und den „ab-die-Post" Klaps auf den Hintern schlägt.

Der Strauß stürmt voran, stapft die Stufen zum Franz-Stock-Platz hinab, mit der kreischenden Twehle auf dem Rücken: „Die Welt dreht sich doch!"

Der sie abstützende Tüsshaus ist BEI seinem Thema, keucht außer Atem: „Galileo Galilei hatte keinen Grund, die kopernikanische Theorie zu unterstützen, die Erde IST das Zentrum des Universums."

Tüsshaus schleift hinter sich den dicken Wigge her, der die Stufen näher kennenlernt als ihm lieb sein darf, klack, klack, klack, klack, klack, klack, klack, klack, klack.

„Und sie bewegt sich doch!", so Wigge, das Werk ‚Dialogo dei Massimi Sistemi' rettend.

„Über der brausenden Stadt — lautlos er schwebt — schimmernder himmlischer Pfau — uns allen voranzufliegen — in funkelndem Flug", singt Twehle Poganiuch-Fören, da steckt der Strauß seinen Kopf in den Sand und alle suchen ihn ohn' Erfolg, obwohl Wigge unter ihm sitzt und niest, als eine Feder ihn kitzelt.

„Ich mag Strauße, sie sehen aus wie ein T", sagt Tüsshaus, „wie ein schwangeres T."
„Überhaupt", sagt Wigge, „ein Strauß zum Tee, das würde mich nervös machen, der schaut sich doch immer um, ob aufgeräumt ist." „Will ich nicht sagen", seufzt Twehle, paddelt mit bloßen Füßen im Wasser der Pader, hält ihre Fersen in Quellen und kichert, „kitzelig", „wenn der Strauß schön gebunden ist und mit Rosen und Anemonen vereint."
Tüsshaus schüttelt den Kopf: „Ihr habt recht, die Welt dreht sich doch."

Alle drei purzeln in ihre Betten wie ein Brummkreisel; Tüsshaus macht sogar den Ton dazu. Dann schläft er ein, träumt von der Erde.
Auf ihr wird er wach, am nächsten Morgen, und wie verschüttet macht er den Weg frei; auch den Kopf.

„Wie bist du vom Himmel gefallen, du schöner Morgenstern! Wie wurdest du zu Boden geschlagen, der du alle Völker niederschlugest!" (Jesaja 14,12)

3. Tüsshaus' Tod

Sternenstaub streut sich auf Erde. Kleinstmeteoriten rempeln täglich nackte Planeten — auch den unseren — an. Verändern Oberflächen und Stimmungen, lassen sich herab, menschweckend.
Das Konzil von Trient war beeinflußt davon, auch so das IV. Laterankonzil.
Tonnen von Sternstaub stapeln auf Steigen sich, Opfer von Kindermagneten; Horden von Kriechenden, sammelnde Sucher außerirdischer Reliquien — zum Beispiel aus Eisen und auch aus Nickel.

Ist kein Wunsch in den Zweigen? Ruht die Welt aus, satt vom Leiden? Ist kein Tropfen, der sich verirrt auf fruchtbaren Boden? Schweigt alles, was sonst vor Übermut laut am Brabbeln war?

Wunderlich ruht Tüsshaus' Blick auf der Stille. Schaut sein Blick aus dem Fenster, umrahmt von Kreuzen (wie ein Faktotum im Jägerzimmer, umrahmt von Trophäen). Schaut hoch, dreht über sich den schwebenden Liborius auf — Suirobil Suirobil Suirobil Suirobil — läßt ihn kreisen, umher um sein Lachen (kein lautes, geschweige — eher ein stilles, so wie Franziskus den Vögeln lauscht. Ein wie wenn Wissendes wär, als kein Wunder, ein wie geahntes, wie weißer Rahm). Dann zittert er vor dem Begreifen dieser Bilderabfolge, die es beschwören, „wie war man für blind, etwas wie Dummes".
Sein Lachen folgt dem wirbelnden Heiligen, wie ein Trapezakt unter der Kuppel.
So beißt er in den Riemen, läßt sich treiben, bis ihm schwindelt, und stürzt zu Boden.
(Zwischen fallenden Engeln und flehenden Blicken rotwangiger Kommunionspräsente, die den Sturz verfolgen, auch ihr Ende sehen und sich mitreißen lassen — mitreißen ließen — lassen — ließen — im Fall — im Flug — fast Zeitlupe für andere.)
Als er, Tüsshaus, erwacht, erwacht aus wirren Gedanken, ruhelos und ohne Zusammen, erwirbt er den Blick der Lieblichen, der Trost spenden kann, ohne Erwarten viel gibt.

„Die Prophezeiung der Reinheit ist nur getrübt durch den Zweifel. Scheiner hat recht. Sonnenschatten existieren; nur lösen diese Flecke äußerlich Veränderungen hervor, die erst im Nachhinein als rein und unrein zu bewerten sind. Alles hat sein Gutes."

Wer flüstert diese Worte; die Wissenden schweigen beharrlich im Land der Dummen? Sie erwachen — wenn niemand sie fragt — zu überschwenglichem Leben, zu nicht gehörten Antworten.
Die Hochzeit zu Kanaan, ein Scherenschnitt, schließt sich den Zechern vom Abendmahl an, in Eiche aus Ghana, um den Zöllner aus der dritten Leidensstation zu bitten, seine Brüder vom Kreuzesbild zu bitten, ihnen die Würfel zu leihen und den Schwamm für die Tische. („Ach, diese Höflichkeitsfloskeln, als färbt Menschennähe ab.")

Ein pausbackiger Engelschor mit Kerzenhaltung singt „Gloria" zum Steinerweichen, „daß man sich seine Ruhe wünscht", um aller Willen. Die Hasen drehen sich manisch im Kreise, ihr Ausgleich als Briefbeschwerer, und die drei Könige aus dem Allgäu folgen treu einem Leuchtkäferchen, das der staubigen Enge der Mobileschachtel entschlüpft ist.

Tüsshaus fährt sich durch die Haare, die wie immer nach vorne schnellen, unbeugsam in ihrem Eigensinn. Die wenigen treuen auf seinem Kopf, zum Kranz vereint, neigen zur Aufruhr.

Tüsshaus sammelt sich, vertreibt sich die Zeit, bis zum Ganz-Finden, mit Bücken nach Sternen, die er dann irgendwo ablädt, wo nicht ihr Platz ist, und die sich fremd fühlen zwischen aufziehbaren Sonnen.

Dann geht er zum Hörer des Telephonapparates (der sich wie Gift im Laden ausnimmt, wie manchmal er, wenn er ‚Stern' liest und prüde den Titel nach hinten klappt und hofft, daß nun nichts Schamloses auf ist), hebt ihn schnell ab und befiehlt seinem Herzen, sich nach dem Rhythmus des Tuutens zu richten, sich zu beruhigen, dabei zu atmen und auch den Duft von Kredenzen, Öl, Winterweihrauch (die selbst durch Scheiben hindurch den Duft anhängen — allen Nehmenden).

Dann legt er auf, nimmt so lange gewollt, sich erlaubend, den Bernsteinrosenkranz vom Bund, streift ihn an, zwischen den Fingern, fühlt die Steine durch die Kuppen und verschwindet in seinen Gedanken. (   )

Spürt sich weinen, wie Tropfen, die an ihm hängen und alle für Schmerzen stehen und Abschiede, sieht eine Tür sich öffnen, wo all das lebt, was er ein Leben versteinert verschlossen sah, von Menschen erdacht, in Holz geschnitzt, zum Beispiel.

Alles, was sonst nur menschlich erschien, erscheint ihm hier göttlich, vollkommen im Glanz; und Tüsshaus schämt sich für all den Plunder, den er sein Leben lang feil bot.

„Die kleinen Menschen stellen sich Götter vor". Tüsshaus lacht blasphemisch wegen der Vielzahl.

Nun singen die Engel, „kein weißgekleideter Frauenchor", vielmehr ein Reigen — ein Taumeln — ein Sehen — ein Spüren — ein Mitsingen und Schweigen — ein Ganzes — ein Loslösen und nicht losgetrennt von dem anderen, sondern ein Teil und ein Ganzes — ein Beisein — ein Dasein — wie alles — wie eins ...

Dann spürt Tüsshaus, daß ein Klingeln da ist, ein Schräbbeln, sich durch die Tür mit dem Plakat für den Motettenchor ein Kleines hereinschiebt, ein Winzling mit der Sonne über sich, von dem Stadthaus gespiegelt — vom Wohngeldfenster. Mit einem Ranzen mit Lappen und einem bunten Schwabbeltier - einem Salamander — im Maule, an dem er leckt.

Das war mal er, an den Wiesen, im Wasser — wie er rieb und lachte, leckte, voll „kitzelig", während das Tier sich wandt — glitschig, voll Speichel.

Tüsshaus hört sich dabei sprechen, auch jetzt, während er nachdenkt: „lulilulolalilu-lulilulolalilo-lulilulolalilu", mit dem Finger im Mund hin- und herreizend.

Dann läßt er ihn los, den schwarzgelben Engel, hinaus in die Trümmer; der aber bleibt noch, wie nickend, wie sich ausschlagend, vielleicht auch nur schwindelig und springt hinaus wie ein Abgesandter, ein Bote, beladen mit schweren Wünschen und Vorahnungen.

Er, Tüsshaus, nickt leicht sich verzeihend entgegen, sinkt vorne über — auch ihm ist schwindelig — auch ihm ist nun kalt, vielleicht, weil die Tür aufsteht und lockt; dann hat er Angst, daß es vielleicht vorbei ist und nichts bleibt und nichts war; dann schließt er die Augen, sammelt sich:

„Tüsshaus war ich, Tüsshaus bin ich", wundert sich über die Reihenfolge des Monologes, will sich verbessern, dann ist es zu spät; er spürt als letztes, daß er erwartet wird und man ihn wohl aufnimmt.

„Schweb ich?"; da ist ihm wohl, da war ihm wohl, ist ihm wahr.

Am roten Himmel weinen die Buchstaben Schneetropfen:

a___sa___TEL — _ro_a H_TE_ — aro___ _OTE_ — _rosa HOT___

Nachbemerkungen: Diese Geschichte ist für alle kleinen Paderborner Geschäfte geschrieben worden, die nun schon der Vergangenheit angehören, als Denkmal und Erinnerung.
Ähnlichkeiten mit noch lebenden Personen sind beabsichtigt, aber rein zufällig, veränderte Schreibweisen, auch bei den Namen, durchaus gewollt.
Zitate und Gedanken stammen teilweise aus folgenden Zeitschriften und Büchern:
— Kleine Apologetik oder Begründung des kathol. Glaubens — ein Leitfaden von Dr. J. Schmitz, 1897
— Ausgeführte Katechesen über die katholische Sittenlehre, bearbeitet von Heinrich Stieglichtz, 1917
— Die Brücke — Paderborner Zeitung von Älteren für Ältere, 1986
— Der Dom — Kirchenzeitung für das Erzbistum Paderborn, 27.07.1986
— u. a.

Von einem Gang

Von einem Gang, der etwas vor sich herschiebt, links wie rechts, der sich mit den Innenflächen weit nach Außen dehnt, als schneide der rechte Fuß den linken aufgrund seines Vorwärtskommens, so rempeln sich scheinbar die Fersen an.

Von einem Gang

Es ist ein Gang, der Raum wünscht, der auf kleinstem Platz sich Raum schafft wie ein Boxer. Kein Gang, der in den Kastellen einer Sparkassenfiliale seine Erfüllung sucht, geschweige denn Geld, dafür ist er nicht kleinlich genug, dafür schätzt er zu sehr das Ausleben, ihm wäre die Schmalheit der WCs ein Fluch, so als sollte er in einem überfüllten Bahnbus Bauchtanz tanzen. Können Sie sich das vorstellen? In einem überfüllten Bahnbus Bauchtanz tanzen? Und alle müssen sich mitdrehen, ob sie wollen oder nicht, wie die rote Socke in einer Waschmaschine für Weißwäsche? Das färbt ab …!

Es ist ein Gang, der nur dort Weite ausstrahlen kann, wo Weite ist. Wie in einer Kirche, in einer Bahnhofshalle oder in einem gut subventionierten Theater. Dort hindert ihn situationsbedingte Enge nicht, im Gegenteil, der Gang ist gut im Drehen und Wenden, kann sich drehen oder wenden wie er will, wie ein Golf im Stadtverkehr, wie der Satz: „Ein Neger mit Gazelle zagt im Regen nie." Wer fragt da nach einem Sinn? oder „Reliefpfeiler"; stoßen Sie sich nicht am „pf", oder um ganz simpel zu werden „Anna", aber auch „Otto".

Dieser Ausgangsschritt braucht nur, rein theoretisch, den freien Zugang nach Außen, sofort möglich, unmittelbar, begünstigt durch ein funktionsvertrautes Thermopenfenster oder durch die Nähe einer nicht abgeschlossenen Tür.

Diese Ganghaltung verändert die Körperhaltung; man geht aufrecht, schaut von oben gutmütig herab, auch aus Gleichgewichtsgründen, traut dem Boden unter seinen Füßen, traut ihm die Belastbarkeit durch ein Gewicht zu, vertraut sich ihm an, behält Überblick und dadurch Abstand.

Fragt man, so daherkommend, nach einem Weg, ufern schlichte Ausführungen zu dramatischen Monologen aus, weil diesem Gang Ausgeglichenheit und Stehvermögen nachgesagt wird.

Erklärt man, so dastehend, einer Person, daß man sie liebt, erwartet sie höchstens, zum Essen eingeladen zu werden, oder zum Besuch einer Ausstellung über zeitgenössische Folterinstrumente, so wenig verbindet man mit diesem Gang eine spontane erotische Improvisation.

Erörtert man, sich so wendend, eine rustikale These, schlägt einem zustimmendes Zuhören entgegen, wird reifen Worten bereitwillig Gewicht geschenkt, so sehr paßt zum Auftritt das Outfit, so sehr drängt die Zeit nach kräftigen Rednern.

Ein solcher Gang setzt immer einen Gedanken „vorher" voraus, immer einen Gedanken „vorher" voraus, immer einen Gedanken „vorher" voraus, Schritt für Schritt, Schritt für Schritt, Schritt für Schritt.

Man findet einen ähnlichen Gang bei Seehunden, die an Land einem Nasenball nachhecheln, Fußballspieler vollstrecken damit Elfmeter, aber nur als letztendliche Schlußstellung bei der Schußhaltung oder Schußstellung bei der Schlußhaltung, kann man halt drehen und wenden wie man will, die aber durch ein normales und übliches Anlaufen eingeleitet wird.

Topmodels und Starmannequins präsentieren sich mit diesem Gang auf Laufstegteppichen wie postmoderne Charlie Chaplins, Staatsbibliothekare verschaffen sich durch ihn Achtung bei Ausleihzeit überziehenden Kunden, katholische Küster mit klerikalen Klingelbeuteln tingeln damit auch während der Wandlung durch knausernde gläubige Reihen, Hausmeistern in kleinstädtischen Erziehungsanstalten gibt er Rückgrat und Durchsetzungsvermögen, mit ihrem verpfuschten Leben zu liebäugeln.

Man trifft einen solchen Gang auch bei infantilen Bäckern, wenn sie kleine, weiße Spritzberge auf ihre Torte tupfern und tupfern und tupfern..., als wäre dort ein Zeltlager im Schnee, eine mystische Eskimosiedlung, herausgeputzt wie zur Anregung eines Dezemberkalenderblattes.

Soweit von einem Gang, der etwas vor sich herschiebt, links wie rechts, der sich mit den Innenflächen weit nach Außen dehnt, als schneide der rechte Fuß den linken aufgrund seines Vorwärtskommens, so rempeln sich scheinbar die Fersen an.

Soweit von einem Gang, der dazu steht, wie er steht.

Soweit von einem Gang, der etwas auf sich hält und sei es mich ...

Von einem Gang, der geltungsbedürftig ist und will, daß man von ihm spricht und spricht, in einem fort, von einem Gang und spricht und spricht, in einem fort, von einem Gang.

Vom Bäcker des Dorfes

Es war einmal ein Bäcker, der hatte drei Söhne. Der erste sollte ein Bäcker sein und der zweite was Besseres; der dritte war ein Tunichtgut ...

I

Mein Vater war der Groschebäcker, oder besser ausgedrückt: Bäcker- und Konditormeister, Inhaber von verschiedenen Urkunden für „ausgezeichnetes Brot" und schließlich Inhaber der goldenen Brotmedaille (die er zu Weihnachten seinem kleinen Enkel geschenkt hat).

Dieser Meister über Graubrot, Roggenbrot, Kassler, Weißbrot und Herr über 5000 Samstagsbrötchen lebte auf einem kleinen Dorf, wo er nach dem Bürgermeister und dem Pastor, aber noch vor dem Lehrer, dem Schmied und sogar dem Fußballtrainer zu den wichtigen Persönlichkeiten des Dorfes zählte. Die Brötchen, die man auf dem Schützenfest (zu der meistens nicht durchgebratenen Bratwurst) essen konnte, waren von ihm. Gerüchte behaupteten, daß viele nur deshalb ein Bratwürstchen bestellten, um in den Genuß eines seiner Brötchen zu kommen. Nun ja ...

Der Tag fängt für einen Dorfbäcker um drei Uhr morgens an und hört eigentlich nie auf. Selbst wenn der Bäcker zu seinem kurzen Schlaf ansetzt und vom bestellten Streuselkuchen träumt, gärt in der Backstube der Sauerteig vor sich hin, um am Morgen unter den neun Fingern meines Vaters gewalzt und geknetet zu werden.

Dieser Zauberkünstler verwandelte unter seinen Händen diese schroffen Teigklippen in zarte Kinderbäuche, bis sie in der Brötchenstanzmaschine für Sekunden verschwinden, um als 30 kleine weiße Flüchtigkeiten abgerundet ihren Weg in den vollendenden Ofen anzutreten. Der Schlitz im Brötchen ist Handarbeit, und das daumengroße Arbeitsdrückgerät der Rundbrötchen wird Drückholz genannt (und hängt heute an der Wohnzimmerwand meines Vaters, der jetzt im Ruhestand lebt „und morgens zu früh wach wird").

II

Der Schwaden liegt wie ein weißer Hauch auf den Fensterscheiben. In der dunklen Nacht erinnert noch nichts an den pfeifenden Morgen. Betrunkene letzte Zechgänger klopfen an die Fensterscheiben mit ihren schon hervorgekramten Hausschlüsseln.

Sie treffen genau den Freiraum, den der etwas hochgezogene Rolladen vom Fenster erahnen läßt, und fragen nach den ersten frischen Brötchen wie nach einem gasgefüllten Luftballon.

Das Reiben der hochgezogenen Rolläden erklingt wie ein Schrei neben den leisen rhythmischen Drehungen der ewig kreisenden Teigmassiermaschine. Der Bäcker zieht sich eine alte schwere Jacke über sein durchschwitztes Unterhemd, um in der kalten schweren Morgenluft nicht auszuströmen wie der nasse Dampf, der Backatem, der wie gepreßt durch das geöffnete Fenster dringt.

„Sechs Brötchen, und nicht zu kleine."

„Grosche-Brot macht Wangen rot, nein, Grosche-Brot macht Ratten tot."

„Unsere Frauen bezahlen es heut nachmittag, also gut gehn und arbeite nicht zuviel."

Der Schwaden liegt wie ein weißer Hauch auf den Fensterscheiben.

Der Bäcker malt ein lachendes Sonnengesicht in den Schweiß, so viel Zeit muß sein.

III

Brot muß gut durchgebacken sein, bis ins Mark. Gut durchgebackenes Brot ist eigentlich immer frisch. Die dicken Bauern des Dorfes mit ihren sechs Kindern kaufen immer ein großes Brot.

„Ruhig ein 5-Pfund-Brot, die Blagen fressen uns die Haare vom Kopf."

Zweimal die Woche kommt der Bäcker mit seinem Auto vorbeigefahren — huup! huup!

Einen Wochentag und dann den langen Samstag, da gibts auch Puddingteilchen und den herrlichen Mohnstollen — huup! huup!

„Es gibt Kunden, die schicken ihren Verwandten Mohnstollen nach Amerika. Mohnstollen kann ein Erlebnis sein, und Mohnstollengenießer sind Gourmets, auch in Amerika. Einem Mohnstollensüchtigen Befriedigung verschaffen, heißt, ihm einen Mohnstollen vom Groschebäcker zu vergönnen, da ist wenigstens mal Mohn drin."

Tortenbestellungen bitte früh genug aufgeben: Der Weiße Sonntag ist ein Tortensonntag, und die Frau des Bäckers schlägt die Creme an, die Hs von den Herrentorten setzen die Kinder auf die kleinen Spritztütenberge, und der Tortenrumbringer ist der Älteste.

„Ganz vorsichtig, und Kurven können Nerven kosten, als hätte man Glyzerin geladen."

Unvergessen der Weiße Sonntag des Jahres '78, als der Chef selber entscheiden mußte, ob er bei Rot über die Ampel saust oder eine Vollkaskobremsung vornimmt, um dann den Abklatsch der Torten in seinem Rücken zu spüren. Da muß man sich schnell entscheiden, zumal die Polizei hinter der Ampel steht und am Streifenwagen angelehnt eine Currywurst zum besten hält.

„Den Groschebäcker hat es eine Runde auf'm Schützenfest gekostet und eine Reinigung, weil Currysoßen sich so schlecht auf dem Polizeigrün machen."

Aber das Leben geht weiter und niemals ohne Brot, und Brot in einem Steinbackofen gebacken währt fast ewig.

„Wenn einem die Blagen nicht die Haare vom Kopf fressen würden."

IV

In dem Sechshundert-Seelen-Dorf zahlen die Bauern mit Korn und bekommen dafür Brotmarken, abgewetzte gelbe Spielscheine (die im Geldlederbeutel im abgeklappten Nebenschlitz verschwinden). Die dunkelblauen und die rosa Karten (mit dem vergilbten Namenszug) stammen noch aus der Zeit, als der Bäcker mit einem Pferdewagen durch das Dorf gefahren ist. Nun hupt er mit einem Lkw und einem grünen umgebauten Auto (in das zwei hölzerne Kastenregale auf dem heruntergeklappten Rücksitz und dem angrenzenden Laderaum geschoben werden) in sieben hungrigen Dörfern die Frauen zur Zusammenkunft.

„Und die Woche kann zu kurz sein für all die hungrigen Mäuler."

Samstagsabends, wenn seine Frau mit der Tochter den Waren unterbreitenden IFA-Laden geschlossen und geputzt hat, wird Geld gezählt, und die drei Söhne legen im Wohnzimmer ihre Ledergeldbeutel auf den Tisch. Alle sitzen müde in den eingebuchteten Sesseln, und dazu gibt es Koteletts und Salat (aus der Waschwanne) und die Hitparade im Fernsehen, und seine Frau hat schon wieder den richtigen Sänger getippt: „Mo, Mo, Monika, Mo, Mo, Monika, ein Rassegirl, ein Klassegirl ist Monika, Mo, Mo, Monika, Mo, Mo, Monika", der auf Platz eins landet und wiederkommen darf am nächsten Samstag, wie wir.

Der Bäcker mit seiner Frau schafft gerade noch die erste Show mit Rudi Carrell, bevor er sich erhebt: „Ihr könnt mir alle was erzählen."

Beide verschwinden in ihren großen weißen Himmelbetten. Die Kinder fahren schon wieder los, zu ihrer Familie, in ihr Studentenwohnheim, in ihre WG (mit einer Kiste voll Brot).

„Manchmal fragt man sich, wofür das alles, aber das darf man nicht."

Es war einmal ein Bäcker, der hatte drei Söhne. Der erste, der Bäcker werden sollte, ging auf die Abendschule, und der zweite, der was Besseres werden sollte, begann zu studieren: Lehramt, Sekundarstufe 1; der dritte war ein Tunichtgut ...

V

Frühlingsanfang '80 sackt die Frau des Bäckers in den noch dampfenden 5000 Brötchen zusammen, und das am Samstag.

„Und noch keine Tüte abgezählt, Gallensteine groß wie Streuselkugeln, und das am Samstag."

Selbst der Bäcker übersteht den langen Samstag nur noch mit Tabletten, die ihm seine Frau auf die Untertasse seiner riesengroßen Kaffeetasse legt (nach dem Wechsel der durchnäßten Bäckerhose und dem klatschnassen halbärmeligen Unterhemd). Sein Haar ist grau und weiß geworden, als hätte sich das Mehl „vom ewigen Streuen" auf seinem Haupt eingenistet, um ihn nicht mehr loszulassen. Ein Bäcker wird unsichtbar in seiner Bäckerei, wenn er nicht aufpaßt und die Weißheit aller Bäcker erlangt.

„Und die Leute vom Aufsichtsamt sehen keinen Bäcker mehr in einer Bäckerei und suchen nach Pilzen, Schimmel und Lagerungsfehlern, als wenn man's nicht schon schwer genug hätte."

Frühlingsanfang '80 liegt die Frau des Bäckers in den noch dampfenden Brötchen, und um sechse klingelt das alte schwarze Telefon mit dem Mehlhörer: „Wo denn die Brötchen blieben, und ob man wen vergessen hätte."

Ein Familienbetrieb hält zusammen, auch am Frühlingsanfang '80, auch mit einer Stunde Verspätung, „zumal noch keine Tüte eingezählt war und das am Samstag".

„Manchmal fragt man sich, wofür das alles, aber das darf man nicht."
Basta.

VI

Fünf Uhr früh im Winter.

Die durchdrehenden Reifen des Brotautos reißen eine tiefe Naht in den frischen Schnee.

Der Stift schiebt und schiebt gegen das Schimpfen aus der geöffneten Fahrertür.

„Es ist zum Durchdrehen."

Die verschneiten Wege der überall hingeklotzten Klinkerwohnsiedlungen sind eigentlich nur für Raupen befahrbar.

„Wir hätten die Scheißsiedlung zu Fuß beliefern sollen."

Telefonhäuser und Briefkästen stehen am Ende der Bauplanung, wahrscheinlich als gelbe Auflockerung in diesem Einheitsbrei.

„Telefonhäuser könnte man manchmal eher gebrauchen."

Neue Kunden können sich noch entscheiden für den einen oder den anderen Bäcker. Liebe zu dem einen oder anderen Bäcker entsteht in zwei Wintern mit frischen warmen Brötchen.

Wie heißt der Schutzengel der Bäcker?
Ich weiß es nicht.

„Aber es gibt einen, auch wenn er im Winter ungewöhnlich lange schlafen muß für einen Bäckerschutzengel."

Traum der Bäckerjungen: „Nach Hochwasserkatastrophen, Erdbeben, Manöverfehlplanungen und was weiß ich, an die Türklinken der brachliegenden Häuserruinen die bestellten Brötchentüten hängen und ins Leere einen routinierten Guten-Morgen-Gruß senden."

Auf etwas muß Verlaß sein.

(Es kann ein Bier vom Faß sein.)

VII

Das dunkelste Brot meines Vaters ist sein Roggenbrot (Pumpernickel und Schwarzbrot gab's abgepackt von „Reineke").

„Und je dunkler ein Brot gebacken ist, umso länger bleibt es eßbares Brot. Gerade mit guter Butter und einem dicken Stück Schinken von Höxtermann drauf."

„Aber das wissen nur die alten Hasen und die kleinen Omas, die noch nicht aufs Weißbrotstippen angewiesen sind."

Für die kleinen Omas muß Brot lange herhalten, „ich eß ja nur noch wie ein Spatz".

Auf dem Dorf werden die Alten noch älter. Auf dem Dorf gibt es viele Spatzen. Nach dem Krieg blieben die meisten Spatzen allein und wurden alt, und wie. Wo sind die kleinen Omas alle hin, die morgens als erste beim Brotauto standen, sich ein Brötchen holten und in Pfennigen bezahlten? Gibt es im Paradies Roggenbrot aus dem Steinbackofen?

„Aber so wie beim Grosche schmeckt das Brot auch nur beim Grosche."

In der großen himmlischen Bäckerei fehlt noch ein Meister. Was sagen die Kinder, wenn in der Weihnachtszeit der Himmel glutrot über ihren kleinen Köpfen hängt: „Christkind backt Plätzchen."

In der großen himmlischen Bäckerei fehlt noch ein Meister. Vielleicht werden eines Tages in das himmlische Weihnachtsgebäcksortiment übersprudelnde Puddingteilchen und abgeklärte Apfeltaschen aufgenommen. Dann wird man sich umschauen müssen, oder noch besser hochschauen müssen, weil dann ein neuer Wind im Paradiese wehen wird.

Aber das hat alles noch Zeit, bis dahin werden noch kleine Brötchen gebacken, aber keine besser als diese. Vielleicht geb ich zu sehr an, aber warum auch nicht, ich bin doch sein Sohn, sein stolzer …!

Es war einmal ein Bäcker, der hatte drei Söhne. Der erste, der die Bäckerei übernehmen sollte, wurde ein Lehrer, der zweite, der Lehrer werden sollte, wurde ein Schauspieler, der dritte blieb ein Tunichtgut und schrieb diese Geschichte … und wer wurde Bäcker?

Die sieben vor ZWEI Uhren

Sowohl aus verkaufsstrategischen als auch aus dekorativen Gründen hat es sich bewährt, die zum direkten Verkauf angebotenen Uhren auf die bloße Zeitandeutung von sieben vor ZWEI zu stellen. Exakt ausgedrückt wird man diese Uhrzeit mit 13 Uhr 53 definieren, also schlicht sieben vor ZWEI.

Dieses ungleichschenklige Dreieck scheinbar ewiger nachmittägiger Zeitillusion bringt nicht nur die Uhr als optisch rundes Ganzes voll zu seiner zeitdienlichen Geltung, sondern stärkt auch die Anteilnahme an der rein funktionalen Beziehung des kleinen zum großen Zeiger.

Andere vorgetäuschte Uhrzeiten — wie vier vor ACHT oder zwölf nach SECHS — können sich nicht bewähren, da fiktive Zeiten nach SECHS Uhr nachmittag den potentiellen Käufer in der Regel an den Feierabend oder den nahenden Geschäftsschluß mahnen und so leicht zur Kaufabschluß vereitelnden Eile treiben. Optische Experimente — wie vormittägige Einstellungen von vor ZWÖLF Uhr — machen instinktiv müde und fördern eher das Zurückziehen des Käufers in private Bereiche.

Das Stagnieren sowohl des kleinen als auch des großen Zeigers auf Punkt ZWÖLF Uhr löst beim Betrachter knurrend den Pawlowschen Hungereffekt aus und wird als bequeme Zeiteinstellung in den üblichen Kaufhausuhrenabteilungen gehandhabt, wo sie eher das dürftige Verkaufsinteresse der notdürftig verkaufsmotivierten Kaufhausuhrenabteilungsverkäuferinnen, die auf ihre ZWÖLF Uhr Mittagspause warten, signalisiert als die Einleitung zu einem tatsächlich verkaufsabschließenden Erfolg.

Seriöse Uhrengeschäfte wie Wollmann & Co. stellen auch im Zeitalter der unfehlbaren Digitaluhren ihre Zeitzeugen auf die schlichte Uhrzeit sieben vor ZWEI, damit sich der Käufer nicht über eine Uhrzeit informiert, sondern über eine Uhr.

Denn was passiert in der Welt um sieben vor ZWEI?
Man kauft eine Uhr!
Und wo in der Welt stehen die Uhren immer auf sieben vor ZWEI?
In den tickenden Uhrenparadiesen von Wollmann & Co.!

für C.

Das schwarze Glück

(eine süße Gebrauchsanweisung für einen entspannenden Augenblick, vom Verfasser erprobt und aufgeschrieben)

Nichts in unserem Leben ist wichtiger als die Entspannung. Die kleine Stadt Paderborn am Rande des Teutoburger Waldes hat sich in liebenswerter Weise um diese Form des ausruhenden Lebens verdient gemacht. So gibt es dort nicht nur die vor sich hindösende Universität, eine völlig entkrampfte Computerindustrie, einen ausgeglichenen Erzbischof, sondern auch einen *Eduscho*-Laden. *Eduscho* ist eine Kaffeegroßhandelskette, die es sich zur Aufgabe gemacht hat, Kaffee geröstet und ungeröstet zu verkaufen, aber nicht nur das, man kann dort auch selber als gern gesehener Gast einen Kaffee trinken.

Früher kostete der Kaffee 50 Pfennig, heute siebzig, aber in Zeiten, in denen eine Briefmarke meistens teurer ist als die Klebeunterlage der Postkarte, erscheinen selbst siebzig Pfennig für das schwarze Glück ertragbar, und hier bei *Eduscho* spielt unsere preisgünstige und süße Entspannungsart:

1. Das Vorspiel

Wir gehen wie jeder andere Kaffeeliebhaber zu *Eduscho*. Schnell entdecken wir in dieser duftenden, merkwürdigen Welt eine silberne Box, die hinten am Ende des Raumes steht. In dieser silbernen Box wird der flüssige heiße Kaffee vor allen außerweltlichen Einflüssen geschützt. Das schwarze Meer im silbernen Auffangbecken der aromatischen Träume. Wie vom Lächeln der dahinterstehenden Frau bezirzt, steuern wir willenlos drauf zu. Wir hören uns flüstern:

„Einen Kaffee bitte."

„Mit Milch oder mit Zucker?" fragt die Frau im violetten Kittel, die schon die weiße Tasse auf der weißen Untertasse vollströmen läßt.

Man kann den Kaffee mit Milch oder mit Zucker nehmen, selbstverständlich auch nur mit Zucker und ganz ohne Milch, möglich ist auch die Wahl sowohl ohne Zucker als auch ohne Milch, also ganz schwarz, ohne gleich aufzufallen: Das Ganze ist eine Serviceleistung von *Eduscho*, die schon im Preis inbegriffen ist.

Nach dieser grundlegenden Entscheidung, schon mit der dampfenden Tasse in der Hand, fällt unser Blick auf eine durchsichtige Plexiglasbox, in der Schokoladenriegel gelagert werden und diese in drei Geschmacksrichtungen:

a. Vollmilch

b. Vollmilchnuß

c. Zartbitter,

die man geschmacklich aber leicht unterscheiden kann, da die Verpackungen farblich anders gehalten sind.

Viele Menschen neigen zu Zartbitterriegeln, die als Zweierpack 35 Pfennig kosten, aber auch zwei Riegel mit Vollmilch oder Vollmilchnußgeschmack sind unter diesem Preis formiert.

Die Entscheidung für eine Geschmacksrichtung ist auf jeden Fall typenbedingt und sollte nicht nach rein materiellen Erwägungen folgen (was hier bei *Eduscho* durch die Preisangleichung sowieso entfällt).

Wir nehmen nun den heißen Kaffee und die zwei Schokoladenriegel und stellen uns zu den anderen Gästen von *Eduscho* an die runden Stehtische, denn *Eduscho* ist ein Stehkaffee ... nun kommts:

2. Das Hauptspiel

Wenn wir nun die zwei Schokoladenriegel auspacken, merken wir auf einmal, daß sie in der Mitte leicht angeritzt sind, und das reizt so richtig, sie zu brechen; das soll man dann auch ruhig tun, denn so erhält man anstatt zwei Schokoladenriegeln vier 1/4-Schokoladenriegel, was ja schon mal eine Veränderung ist, und Veränderungen sind ja eigentlich immer ganz gut.

Aber zur Sache: Einen dieser vier 1/4-Schokoladenriegel, bitte nur einen, legen wir auf die Zunge in den Rachenraum hinein, da kann er erstmal liegenbleiben, da tut er keinem was, und schließen den Mund ...
... jetzt kommts:

Nun nehmen wir von dem heißen Kaffee — er muß heiß sein, sonst tauschen Sie ihn lieber um — einen gezielten heißen Schluck ... und jetzt passierts:

Der kleine 1/4-Schokoladenriegel, der bisher so unbedarft im Rachenraum herumlag, wird überrascht vom Eintreffen des heißen Kaffees und löst sich ohne eigenes Zutun, selbständig, fast vollständig auf. Im ganzen Rachenraum entsteht quasi so etwas wie eine Schokoladenlava, die sich selber ihren Weg sucht, bis sie in dieses häßliche Wort wie „Speiseröhre" gelangt ist. Man kann dieses noch forcieren durch bewußte kleine Kaffeenachschlücke, aber das ganze ist ein Erlebnis, welches man rein sprachlich, also verbal, ganz schlecht erfassen kann.

Die umstehenden Gäste von *Eduscho* spüren auf einmal, *„da ist etwas geschehen, da machen sich positive Energien breit, wir spüren Wärme und Harmonie"*, aber sie wissen nicht, woher sie kommt, und das ist ja auch schön, daß man Glück spenden kann und trotzdem dabei anonym bleiben darf.

Leider — ich will das gar nicht verschweigen — hat diese Entspannungsart auch einen Nachteil. Da man am Anfang mit dem Kaffeegenuß so ungestüm ist, bleibt man in der Regel auf dem letzten 1/4 Schokoladenriegel hängen. Jetzt machen viele den Fehler, gehen noch einmal zu der silbernen Box, holen sich noch einen Kaffee und noch einmal zwei Schokoladenriegel, was ja Quatsch ist, weil man dann wieder auf dem letzten 1/4 Schokoladenriegel hängenbleiben wird — und soviel Kaffee trinken, bis das mal, rein mathematisch, hinkommt, das schafft kein Mensch.

Ich hab' es probiert. Der Puls rast unnötig schnell, man neigt zu Schweißausbrüchen und ist sehr leicht erregbar, was nicht angenehm ist, auch nicht für die umstehenden Gäste von *Eduscho*; es ist meistens ihre knappbemessene Frühstückspause, und das muß ja auch nicht sein. Dann lieber den letzten 1/4 Schokoladenriegel so genießen, wie es ihm zukommen könnte, also mit *einer* Tasse Kaffee, und außerdem ist dieses Schauspiel ja am nächsten Tag beliebig wiederholbar, wenn man will.

3. Das Nachspiel

Von den Geschmacksrichtungen empfehle ich wirklich Vollmilch — gerade für Anfänger — und natürlich Zartbitter für den Gourmet. Von Vollmilchnuß rate ich mal ganz einfach ab. Ich meine, das sind jetzt Erfahrungswerte, viele reizt es ja gerade, dieses auszuprobieren, aber dann soll man mir nicht vorwerfen, ich hätte nicht drauf hingewiesen.

Das große Manko der Vollmilchnußschokolade sind seine kleinen Nußsplitterchen. Die Nußsplitterchen sind so fein gemahlen (was ja nicht bös' gemeint ist, aber zu diesem Zwecke unpassend auffällt), daß sie, von dem Schokofundament befreit, in allen Ecken und Ritzen der labilen Zahnreihen — und wer hat die nicht — feststecken und sich einnisten wie ein Kuckucksei.

Man muß sie herauspuhlen mit dem Fingernagel des kleinen Fingers, um zu retten was zu retten ist, und das ist doch nicht die Entspannung, wie sie sein müßte und sieht auch nicht gut aus.

Aber probieren Sie es selber. Sicherlich befindet sich auch in Ihrer Nähe ein *Eduscho*-Laden. Es würde mich persönlich interessieren, ob diese Entspannungsart übertragbar ist auf andere Landstriche Deutschlands oder abhängt von einer durchwachsenen Paderborner Lebensart.

(*Das schwarze Glück* ist als ein Vorschlag zu verstehen, der sich in Form eines Vortrags äußert. Man sollte spüren, daß dieses Entspannungserlebnis das Leben des Vortragenden verändert hat.)

PS.: Mein besonderer Dank gilt Frau Freitag und der gesamten Paderborner *Eduscho* Crew, ohne die dieser Entspannungsteil nicht entstanden wäre.

Über das Abrichten von Grashüpfern

Manchmal glauben Grashüpfer tatsächlich,
man sähe sie nicht,
als schütze sie ihre Farbe vor der Form,
als wären sie Detektive, die zwischen Büschen stehen,
unbeweglich, stundenlang, wie Briefkästen,
die auf ihre Leerung warten.

Doch man vertue sich nicht,
verläßt man ihren Blick und ihre Anwesenheit
nur einen Augenaufschlag lang, und sei es,
um sich eine Zigarette zu drehen,
einen Oberschenkel einzureiben
oder eine Illustrierte umzublättern,
sind sie fort,
verschwunden in der großen, großen Welt,
in ihren kleinen grünen Urwäldern,
um kurz darauf, wie eine fixe Idee,
wieder — „hüpf" —
in Erscheinung zu treten.

Manchmal glauben Grashüpfer tatsächlich,
man sähe sie nicht,
nur, weil sie keine Trompete blasen
oder einen roten Sturzhelm tragen,
diese Hans-Spring-ins-Felde,
diese Sekundendiebe,
diese Punktabenteurer,
deren Siegfriedsmal ihr Schnalzen ist,
das so unkontrolliert Anwesenheit verrät.

Manche Frauen schaffen es,
Grashüpfer
durch Nachahmen dieser Schnalzgeräusche
anzulocken:

Tschak Tschak
(ähnlich diesem Zungenschnalzen, das man benutzt,
um Pferdeschnauzen zu bewegen, einem die Innenfläche
einer Hand zu lecken).

Bei vielen Frauen ist dieser Tschaklaut
so ausgeprägt artverwandt,
daß Grashüpfer aufhören, im Gras zu hüpfen
und nicht nur ihren Artensinn, sondern auch
ihre Orientierung verlieren.
Sie tauchen auf,
aus ihrem Schutzbereich des gleichfarbenen Untergrundes,
der Wiese, und nehmen verliebt und allein Kontakt auf
mit diesem sich anbiedernden schnalzenden Wesen.

Doch leider ist das Interesse an Grashüpfern gering,
auch wenn es sich um bescheidene, anschmiegsame Tierchen handelt,
zu wenig entsprechen sie dem abendländischen Schönheitsideal, sie tragen keine Jeans und flegeln sich nicht in Coupés herum, und was reizt schon, auf ein Tschak ebenfalls ein Tschak erwidert zu bekommen? Zu anspruchsvoll sind menschliche Konversationspraktiken entwickelt, als sich bei einem Tschak mit einem Tschak nach dem Munde reden zu lassen,
obwohl
(bei längerem Abwarten und ein wenig Geduld)
dies die Einleitung zu einem zärtlichen Liebesspiel sein kann,
das das Niveau des Echos verläßt,
wenigstens unter Grashüpfern und Heuschreckenartgenossen.

Aber so ist es kein Wunder,
daß die Tschaklautimitierende schnell gelangweilt verstummt
und sich anderen Dingen zuwendet,
wie dem Drehen einer Zigarette,
dem Einreiben eines Oberschenkels
oder dem Herumblättern einer Illustrierten.

... was schade ist,
Grashüpfer sind verzauberte Marathonläufer;
aber wer küßt schon einen Grashüpfer,
oder was fängt man mit einem Marathonläufer an,
außer ihn laufen zu lassen?

März 1987
Egmond aan Zee, Niederlande
Oktober 1986
Volterra, Toscana
April 1985
Normandie, Frankreich

Tegelblues

Über Anfang und Ende einer Begegnungsstätte
— ein Hör- und Trauerspiel

Sprecher *(sachlich)*: Erste Strophe

(Im Hintergrund der Wahrnehmung erscheint ein Instrumentalblues)

Sänger *(melodisch gesprochen)*:
  eine bunte zigarre am blauen himmel dampfte: wir sind so stolz
  eine bunte zigarre am blauen himmel dampfte: wir sind so stolz
  die leihgabe der paderborner brauerei flog bis nach wewer und
  zurück
  die leihgabe der paderborner brauerei flog bis nach wewer und
  zurück

(der Blues wird langsam ausgeblendet, der Sänger erzählt wie in Trance):
Die Blumenmädchen der FDP verteilen Rosen auf dem Tegelweg —
(im Hintergrund hört man Beifall und Gemurmel)
die CDU hat die Blaskapelle der Polizei bemüht, die Anwohner und
die neuen „Eigentümer" zu einem Tanz zu fesseln —
(im Hintergrund hört man Beifall und Gemurmel)
der Bürgermeister spricht von einem „großen Tag" —
(im Vordergrund hört man den Bürgermeister und Beifall und Gemurmel)
„... ein autonomes Kulturzentrum inmitten dem Herzen dieser Stadt,
wer hätte das für möglich gehalten?..."

Sprecher *(sachlich)*:
  Nicht umsonst sollte dieser Stätte der große Kulturpreis der Stadt
  Paderborn verliehen werden, der mit 5.000 DM immerhin die Miete
  eines Monats gedeckt hätte. Es spricht für die Großzügigkeit der
  Bewegung, daß sie diese Summe selbstlos für den beschleunigten
  Ausbau des Ratskellers zur Verfügung stellte.

(Im Hintergrund der Wahrnehmung schmeichelt sich der Blues nach vorn)

Mehrere Sänger *(melodisch gesprochen)*:
    etwas besseres als den tod finden wir überall
    etwas besseres als den tod finden wir überall
    etwas besseres als den tod finden wir überall
    nichts ist leichter gesagt als nichts ist leichter gesagt
    als nichts ist leichter gesagt als nichts ist leichter gesagt

(Der Blues erinnert sich nicht mehr, Männer- und Frauenstimmen wechseln sich ab, sie reden teilweise übereinander):
Die Höhle des Löwen ist ein Sack aus dem zwei Kinderbeine baumeln
Die Höhle des Löwen ist ein Sitzungssaal auf weissen Kacheln
Die Höhle des Löwen ist ein Pepitaanzug mit weissem knitterfreiem Hemd
und einem Schlips der vom Gesicht ablenkt
Die Höhle des Löwen hat einen Putzdienst der zweimal am Tag
Blut weggewischt und Stühle nebeneinandergestellt wie eine Armee
Die Höhle des Löwen ist eine Puppenstube mit der ein Massenmörder spielt:
Einbruch des Holzfällers in die brave Family

Soziologe:
    Ein bitterer Lernprozeß. Die Willkür des Staates vor der scheinbaren Unfähigkeit der Autonomen.

(Im Hintergrund ist eine Hörsaalatmosphäre)

Doors:
    Not to touch the earth
    not to see the sun
    Nothing left to do, but
    run, run, run
    Let's run
    …
    (Jim Morrison)

(Kinderstimmen, versetzt gesprochen):
 Als die Stadtmusikanten in den schwach beleuchteten Raum starrten, trauten sie ihren Augen nicht. Was hatten diese Menschen getan, daß sie so leben mußten? Was hatten sie angestellt, um im Dunkeln zu sitzen und die Füße auf den Tisch zu werfen?
 Müde Mädchen und leere Jungen lachten und hofften, es schaue ihnen jemand über die Schulter. Auf einem dreibeinigen Sofa versanken drei Ruprechte, deren Haarfarben die Flagge von Frankreich ergaben.
 Vier verwahrloste Kläffer fegten durch das Notstandslager und pißten an Stahlsäulen einen Titticaccasee, auf dem hastig ein Papierschiff schwamm, aus einem „Sägewerk für Nicaragua"-Flugblatt gebastelt.
 Eine kleine Pumuckel weinte und hörte erst in den Armen eines Ledertanzbären zu schluchzen auf. Drei Latzhosen hetzten durch die Öde wie durch ein Museum, in dem sie Museumswärter waren. Jemand hatte den Hausbriefkasten von der Hausbriefkastenwand gerissen. Die Museumswärter planten den Rückzug.
 Die vier Stadtmusikanten trauten ihren Augen nicht. Was will man nur in diesem vergessenen Wartesaal erleben, was bietet dieser vollgestellte Flur für Genüsse, was brodelt in diesem besetzten Dachboden für ein Sturm? Die Ruhe vor dem Sturm?
 Kommt, laßt uns geh'n, sagte der Esel, etwas besseres als den Tod finden wir überall…

Soziologe *(versucht mit seiner Stimme gegen die Unruhe der Hörsaalatmosphäre anzukämpfen):*
 Bedauerlich ist das Eingeständnis an Lüge. Es stimmt einfach nicht, daß ein Freiraum herrscht, um „erfahren" zu dürfen. Es scheint eine Angst zu herrschen, die nicht will, daß man erfährt. Dies kann man allerdings erfahren, auch wenn es bitter ist und nicht schmeckt.

Sprecher *(sachlich)*: **Zweite Strophe**

(Die Geräuschkulisse ist dem Anfang der ersten Strophe nachempfunden)

Sänger:
>im sommer baumeln die beine von den mauern
>im sommer baumeln die beine von den mauern
>irgendjemand sammelt die leeren gläser ein
>irgendjemand sammelt die leeren gläser ein

Nur meines nicht eh, das ist verstaut in meinem großen Sammelsack eh, neben Sprühdosen und kleinen Gummiteufeln wa, und Aschenbecher brauchste auch, wer braucht noch Aschenbecher oder Zigaretten R1 bis R6 und für die Harten auch was Hartes, aber das gibts nur aufm Pott und voher schießen wir das Licht aus, dann kann ich auch das Scheißpapier in meine Sammelstelle klemmen und dann ab wie nichts eh, von mir aus könnte ich heute noch ne Biege machen, ich habe alles dabei, nur noch keinen Plan, ich glaube eh, ich gehe morgen mal beim ADAC vorbei … *(man hört eine Polizeisirene)* Scheiße, mein Typ wird verlangt *(man hört jemanden fortrennen)*

Discosprecher:
VoM Klo rAnn eIn geLbes RinnsAl in deN TanzsaAl — das zUckTe und klEbte und paTschte uNd GluckSte — *(DiscoMusiK uNd paSsende gEräuscHe belEben diE bEschreiBung)* - aUf dem bOden veRschwand eiN GiTarrenmosAik in ZigArettenAsche — wIe in Einem unTergeHenden SchIFf, auS DeM es keIn ZurücK meHr giBt, durchpEitschen die StroMstößE die siCh wIllenLos WehrEnden — wiE Bei eInem TuscH, eIneM inFantilEn PaUkenSchLaG, deSsen plÖtzliche Nähe eInem dAs Herz uNd dIe OhreN zerreißT, sPrangeN sie Fort, dreHten siCh wEg, rissen sIch auseInandeR — aus ein ander — wanDen sicH vOll scHrecKen, hüPften wie kinder, pUrzelTen wie zwerge, lAchten wie TOlle -

(jemand in einer anderen Atmosphäre erinnert sich auch)
und das Licht war grün und dann rot und dann gelb und dann blau und der Schweiß tropfte und das gelbe Rinnsal wand sich um die erfaßten Füße, bis sie alle elektrisiert mit letzten ZucKunGeN verendeten.

(ein anderer erinnert sich anders)
„Etwas besseres als den Tod finden wir überall"
(aber zurück)
Flaschen und Gläser zerklirrten. Dort wurde geknutscht und dort brach jemand zusammen und dort wurde geweint und dort war man allein und dort wurde überlegt, weshalb wieder fünfzig Mark in der Kasse fehlten, und dort wurde überdacht, wie alles besser zu machen sei.
(ein anderer erinnert sich anders)
„Der Gang nach Hause war wie ein Flug auf einen anderen unbewohnten Planeten. Wir grüßen keine Marsmenschen, wir lachen nur bei uns, wir möchten ihnen weh tun, sie spüren sonst nicht wie wir leiden…"

(Jemand erzählt noch einen Schwank und stellt dabei Stühle auf einen Tisch und bewegt sich dazu im Raum)
Wenn bei uns abends Zappa war, dann schauten wir uns immer um und fragten uns, wie wir diesen Raum wieder belebbar machen können. Wir wußten nie, wo wir anfangen sollten, das Chaos war perfekt, wir hatten wie die Wilden gehaust, und so sah es dort auch aus. Es war wirklich super, absolute Spitze, wir waren das gefundene Fressen für eine Sperrmüllaktion, vor allen Dingen standen wir am nächsten Tag wieder vor dem gleichen Chaos, es war absolut irre, total verrückt, alles außer Rand und Band und die Stadt stand Kopf…so muß es sein…

Sprecherin *(man hört dabei einen Diaprojektor weiterschalten)*:
ERSTES BILD
   Jede Revolution beginnt mit einem Auflauf — Pfannis Kartoffelauflauf.

Sprecher *(sachlich)*: **Dritte Strophe**

(Musik! Musik!)

Sänger:
>die nacht war schwarz wie mein einsames herz
>die nacht war schwarz wie mein einsames herz
>eine weintraube raben hüpfte um mich herum
>eine weintraube raben hüpfte um mich herum

Von weitem hörte man irre Musik eh, jemand übergab sich auf einer viel zu großen Gitarre eh, ich glaube, das war Akkermann eh, was keiner kann, kann Akkermann: „Am Tegel am Tegel, da wohnen nur die Flegel eh …" Echt geil eh, und Akkermann nahm die Kippe nie aus dem Mund, so hörte es sich auch an, wie ein Kofferradio unter sieben Matratzen Prinzessin, so als hätte jemand eine Erbse verschluckt, und die ist ihm irgendwo steckengeblieben eh …

Soziologe *(natürlich bekommt erwähnter wieder seine Hörsaalatmosphäre zugesellt)*:
>Dieses Gerede um eine Einbindung aller Interessen in das öffentliche Leben. Wir haben es geführt, und wo sind wir gelandet? Wir denken zurück und suchen nach der Kraft, die uns wieder zusammenführt.

Spitzelbericht *(Wie leise auf ein Band geflüstert, wie gesagt, an einer befahrenen Straße bei Nacht, man spürt eine ängstliche Hetze)*
1. C verkaufte auf dem Flohmarkt ihre Puppenstube, nach eigenen Aussagen versteckte A in der Puppenstubenbesenkammer einen Fingerhut Haschisch … *(Knack)*
2. U bewohnt seit gestern einen Bauwagen, der aussieht, als würde es dort immer Erbsensuppe geben. U wohnt in dem sogenannten „Türkenhof", direkt vor dem zu observierenden Objekt. U grinst andauernd und scheint gefährlich werden zu können … *(Knack)*

3. C äußerte den Wunsch, in der Westernstraße zu frühstücken, aber P weigerte sich, zu diesem Zweck seinen Tapeziertisch zur Verfügung zu stellen ... *(Knack)*
4. K rennt nachts durch die Straßen und sprüht: ICH LIEBE DICH an alle öffentlichen Einrichtungen ... *(Knack)*
5. W hat sich eine Axt gekauft. Mitwisseraussagen zufolge will er einen gläsernen Computer killen: Scherben bringen Glück ... *(Knack)*
6. M wird dauernd umlagert von einem großschauenden I, der keinen ganzen Satz herausbekommt. Ich vermute, daß I in M verliebt ist, er bleibt immer, bis der ganze Saftladen abgeschlossen ist, in demselben ... *(Knack)*
7. O hängt an einer Eiche im Winde und ist kein schönes Bild für Kinder ... *(Knack)*
8. F + D brachten gestern in der VV ihr Bestreben auf den Punkt: Die Anschaffung eines Großraumstaubsaugers ... *(Knack)*
9. P beklagt sich, daß in der Freitagsdisco nicht barfuß getanzt werden kann. Sie beklagt sich weiterhin über zuviel Nostalgie in der Musik. Zitat: „Wir sind schließlich nicht die Woodstockgeneration." Es lief darauf hinaus, für die Leute über 20 einen Oldie-Tag abzuziehen ... *(Knack)*
10. N würde gerne seine Camus-Bücher gegen die Sartre-Bücher von U tauschen, der Tausch endete vorzeitig, weil sich beide, sowohl N als auch U, nicht über den wahren Wert ihrer Autoren einigen konnten. N wurde gewalttätig, und dieses ist um so bezeichnender, als gerade Camus in politischen Auseinandersetzungen Gewalt grundsätzlich ablehnte. Von Interesse dürfte es sein, daß genau diese Thematik besagten Streit vom Zaune brach ... *(Knack)*
11. Wie durchgesickert ist, gilt es als sicher, daß T und M und die anderen die städtische Sparkasse besetzen wollen ... *(Knack)*
12. H sprach mich heute an, ob ich für die politische Polizei arbeite ... *(Knack)*
13. Man erwägt, mich zum Schlagzeuger der traumatischen Hausband zu machen, das wäre das Ende ... *(Knack)*
14. Fuck off ... *(Knack)*
15. Friede den Hütten, Krieg den Palästen ...
    (Es erfolgt eine Detonation)

Sprecherin *(Man hört den Diaprojektor weiterschalten)*:
ZWEITES BILD

Demonstration vor dem Rathaus

Besetzungstext: *(Durch ein Megaphon gesprochen, begleitet durch Demonstrationsgeräusche wie Pfeifen, Rasseln, Klatschen usw.)*
    Wir besetzen dieses Haus weil wir darin wohnen
    Wir besetzen diese Stadt weil wir in ihr leben
    Wir besetzen Euch weil ihr auch Wir seid
    Wir besetzen euere Gedanken weil ihr uns im Kopf habt
    Wir besetzen euere Straßen weil wir darauf stehen
    Wir besetzen euere Herzen bis sie für uns schlagen

(Im Hintergrund klopft der Blues an die Tür)

Sänger:
    natürlich verschwimmen die gesichter
    natürlich verschwimmen die gesichter
    war es agnes oder anton
    war es agnes oder anton
    man muß diese alten geschichten ruhen lassen
    man muß diese alten geschichten ruhen lassen

(Die Musik wird lauter und endet abrupt)

Sprecher *(sachlich)*: **Nachgesang**

Paderborn (st):

Der Untere Frankfurter Weg (Westtangente) zwischen B 1 und Neuhäuser Straße wird vielleicht schon bald umgetauft: CDU-Ratsmitglied Egon Forell regte gestern im Bauausschuß an, diese an der Produktionsstätte der Nixdorf Computer AG vorbeiführende Straße nach dem im März 1986 verstorbenen Unternehmensgründer Heinz Nixdorf zu benennen. Konkret schlug Forell die Namen „Nixdorf-Ring" oder „Nixdorf-Allee" vor. Auch der Vorsitzende des bei Straßenbenennungen stets eingeschalteten Heimatvereins, Georg Hagenhoff, meinte, eine solche Umbenennung biete sich an. Nicht nur, um einen großen Bürger der Stadt zu ehren, sondern auch, um die Orientierung von Nixdorf- Besuchern weiter zu erleichtern.

(Neue Westfälische)

Paderborn (he):

… Auch auf die neue Paderborner Kultur-Werkstatt sind die Wirte nicht gut zu sprechen: Thekeneinrichtung und Getränkeverkauf erinnerten ebenfalls nachdrücklich an Schwarz-Gastronomie, und dann, so Uwe Kirschner, verkünde die zuständige Beigeordnete Annette Hagemann noch in aller Öffentlichkeit stolz, daß sie bei der Industrie- und Handelskammer den „Frikadellenkursus" besucht habe, um die Bewirtungen übernehmen zu können.

(Westfälisches Volksblatt)

Sprecherin *(Man hört den Diaprojektor weiterschalten)*:
DRITTES UND LETZTES BILD

Die neue Innerlichkeit. Ich freu mich auf's Büro. Kopierer von RANK XEROX.

PATHARBRUNNON

Es war ein Tag, der Mut machen sollte

Wolken erlebten Berührungspunkte ungeahnter Größen
meistens dreißig-stöckig, stur verklinkert
mit dem üblichen Springbrunnen im nackten Grün
Irgendwo stand auch ein Kunstwerk im Wege
und man gewöhnte sich daran und ging still drumherum

Die Sterne saßen auf dem Dach
als Lampions zur Cocktailparty
Willenlos und frei erschien der Mond in schwarz
alles Lack und wahrscheinlich sündhaft teuer

Die Kirsche schwamm im Sektglas
und man berauschte sich an den schrillen Klängen
des Mundharmonikaorchesters

Frau Dr. Sowieso kam als Blumenkohl
„Ihrem Mann gefällts; das schon seit dreißig Jahren"
schiebt dabei ihrer Kleinen einen Lolli in den Mund
wie eine Panzerfaust

Hartmut ging als Igel und sein Freund Fritz als Autoreifen
Claudia hatte sich eine rotumrandete Schlucht angelegt
Ihr Nachbar war Hase, fand, daß jeder Arbeit findet
wenn er wirklich danach sucht — wie typisch deutsch

Herr Nebenan zeichnete für den Vorschlag verantwortlich
die neu entstandene Wohnsiedlung durch Feuerlöscher
und Zigarettenautomaten aufzulockern — wie unerhört menschlich

Es war ein Tag
der Mut machen sollte

Der Bürgermeister war persönlich erschienen
um die Einweihung des Kinderspielplatzes vornehmen zu können
er hatte seine Schere vergessen — man half sich aus
er biß das rosa Seidenband mit den Zähnen durch — wie volksnah

Man hatte den Kinderspielplatz ganz in Holz gehalten
und großzügig betoniert
ähnlich einem Großraumbüro
überschaubar, geordnet und geradeaus
Die Kinder, die erschienen waren
suchten in den akkuraten Holzmüllkästen nach etwas Brauchbarem
andere winkten durch Balkongitter vorbeifliegenden Luftballons zu

Reden die Kinder wieder vom Tod?

Reden die Kinder wieder vom Tod?

Freiwillige inszenierten einen umjubelten Sonnenaufgang
selbst der warme Wind erschien fast echt

Man sprach vom Anbruch einer neuen Zeit
…dem Fortschritt dankbar sein Lachen schenken
und mit Fähnchen in den Händen vor Fernsehkameras Vertrauen winken
für alle, die nur von Ferne diesem Schauspiel folgen können

Die Reden waren euphorisch

Studenten hatten endlich eine Bewußtseinsstufe erreicht
die es ihnen ermöglichte
ohne Depressionen ihren Bafög-Antrag auszufüllen
Einige wenige schafften es erstmals, ihren vollgefüllten
Plastikbecher Kaffee durch die Mensa zu jonglieren ohne zu plempern
Man muß vollständigkeitshalber hinzufügen, daß die meisten von
ihnen
noch immer ihre aufgerauchten Zigarettenkippen auf Bierdeckeln
ausdrückten, deren Kanten sie nach oben gebogen hatten
aber man konnte und wollte in dieser kurzen Zeit der Neubesinnung
noch keine Wunder erwarten

Die Nacht von Sonntag auf Montag war seltsam stumm
als hätte der Regen den Wahnsinn an Hoffnungen
in kleinen Pfützen fortgeschwemmt
als hätte sich keiner erholt von all den Lügen
im Gegenteil
der Mond trug Blue Jeans, kaute gelangweilt an dem linken Bügel
seiner entspiegelten Sonnenbrille, und sein dicker Bauch, der ihm
wie selbstverständlich aus der Hose hing, wölbte sich bedrohlich über
der kleinen Stadt
im Gegenteil
das Unrecht schlug zu und fand sich im Recht

Was war geschehen?
Wer sah die Zeichen?

Ein Sozialarbeiter, schon fast Oberfläche, suchte zu vermitteln
aber das Lachen war nicht echt
und jemand erbrach sich dreimal
bevor er erschöpft über den nassen Asphalt geschleift wurde
Schichtarbeiter standen hauteng in nassen überfüllten Bussen
und hatten Angst, erschossen zu werden
Ein besoffener Schützenzug taumelte auf der Suche nach dem Festzelt
vorbei an hilflosen Arten, die ihre Beine wie Dudelsackpfeifen
in den maskierten Himmel taumeln ließen
Helicopter trieben punktierte Gestalten durch enge Gassen
und polizeibesetzte mähdrescherähnliche Maschinen manövrierten
libellenhaft durch randlose Straßen

Was war geschehen?
Wer sah die Zeichen?

Manche lauschten nur, wie von ferne
und glaubten an eine neuartige Kampagne für Gürtelreifen
Andere hingen weiterhin noch Wäsche auf und suchten
in Klammerschürzen nur Klammern
Ein Quizkandidat erklärte auf die Frage
mit wem er am liebsten auf einer einsamen Insel wäre:

Am liebsten mit einer Zitronenpresse — ist denn das noch normal
Der Mond verschenkte enttäuscht sein Theaterabonnement
und rezitiert seitdem den Hamlet in Paderborn:
„Sein oder nicht sein das ist hier die Frage"

Als es *zu* spät war
spielte man noch diesen Akt mit Bravour
Für alle, die nur zusahen und rhythmisch applaudierten

Politiker ließen sich am Telephon verleugnen
Andere beteuerten täglich ihre Zuversicht und daß es nach Lage
der Dinge noch verfrüht sei, einen weiteren Kommentar abzugeben
Vier Außenminister trafen sich, angeblich zufällig, zur Eröffnung
eines Kurzfilmwettbewerbes mit gemeinsamem Händeschütteln und
sich dabei mutig in die Augen schauend
Staatspräsidenten gingen mit einem Lachen ins Bett
um nicht auf letzten Bildern der Partei zu schaden
Das ist uns eine Briefmarke wert, Herr Präsident

Happy Happy End

Nur die Liebenden liebten sich nackt
sprachlos und jedem Blick entzogen
ohne Hoffnung und für sich
trauten sie kaum einer Sprache
trauten sie kaum einer Geste
mit der Angst vor dem Üblichen
waren sie allein zusammen
hüteten sich mit Händen
schützten sich mit Blicken
und fragten sich mit ihren Körpern
jeder Macht fern und jedem Wort fremd
in einer ewigen Zeit

lassen wir sie beginnen
wen sonst?

wir wünschen Ihnen noch eine gute Nacht
Im Nachhinein sehen Sie noch eine Vorschau
auf das Programm von morgen

Über das Herumstehen im Raume

Abhandlung für einen Sprecher und eine Tänzerin mit Musik von Gerhard Gemke

(Das Bühnenlicht konzentriert sich auf die Position der Tänzerin. Ein Telephon, welches auf dem Boden steht und nun ebenfalls beleuchtet wird, klingelt. Musikthema 1 wird eingespielt und begleitet das Telephongeräusch, bis beides verstummt. Eine Stimme spricht in die Stille.)

Nichts steht mehr herum als das Herumstehen im Raume. Die Gründe, um „herumzustehen", sind nicht sonderlich erbaulich und zeigen eher das Tragische und Unfertige eines Zustandes an: Langeweile, Unwohlsein, Einsamkeit.

(Die Tänzerin summt oder pfeift in ihrer herumstehenden Position das Musikthema 1)

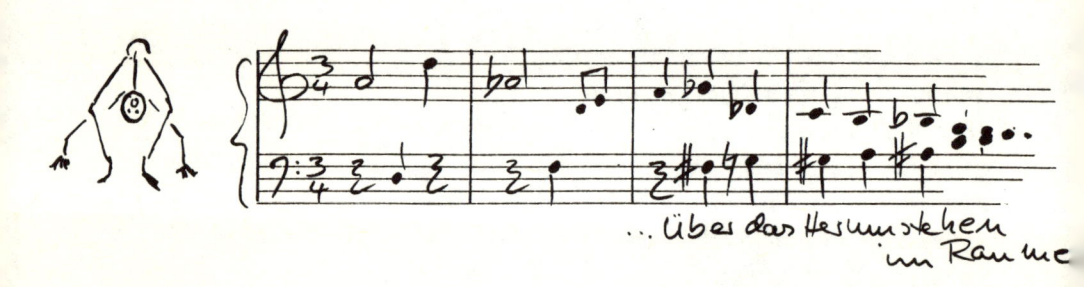

Wie steht man herum? Wenn die betreffende Person sich unbeobachtet glaubt, steht sie „einfach" herum, wie ein vom Winde auf den Bahnhof getriebenes Blatt. Wehrlos und fügsam, so fällt sie nicht auf und fällt deswegen auf.

(Die Tänzerin verläßt ihre abwartende Stellung, wirbelt wie beschriebenes Blatt, verfolgt von einem sie nicht verfolgenden Licht, über die Bühne und verharrt erneut an der Ausgangsstellung in der Anfangsstellung.)

Bei manchen Herumstehern, die noch an eine Veränderung glauben, an ein Entkommen aus ihrer Position, ist eine unruhige Körpersprache zu entdecken. Ein Stammeln, ein Suchen nach Sätzen, ein verwirrter small talk. Der Schlüssel dieser Geheimsprache, der mögliche Sinn in diesem Kauderwelsch, läßt sich anhand der rastlosen Gewichtsverlagerung erahnen:

Die dauernde Umverteilung von Fragen wie: Er liebt mich nicht — er liebt mich — er kommt nicht — er kommt — er trinkt Tee — er trinkt Kaffee …

(Während die Tänzerin bereits diese Unruhe nachvollzieht, wird sie nun dabei vom Musikthema 2 unterstützt.)

„… andere schreiten von Bild zu Bild …"

die Einsamkeit der Farben

„tsch sch sch uh"

Das Herumstehen im Raume begrenzt sich nicht auf eine Stelle eines Ortes. Manchen Herumstehern ist es so zuwider „herumzustehen", daß sie alles mögliche Bewegliche austoben, um nur keinen Zweifel entstehen zu lassen, sie könnten „herumstehen".

Sie lenken ab, sie führen in die Irre und legen etwas an den Tag. Manche stehen in dunklen Räumen und entwerfen sich mit zuckenden Bewegungen bei rabiater Musik.

(Das Licht wirft Blitze, die Tänzerin taut kurz auf zu Musikthema 3.)

Manche schreiten in hellen Räumen folgsam von Bild zu Bild und überlassen sich der Einsamkeit der Farben.

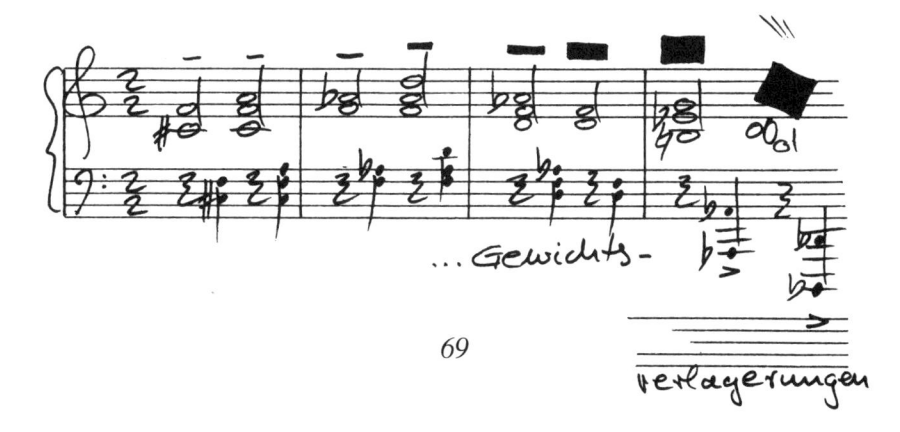

… Gewichts-

verlagerungen

(Die Tänzerin geht diesem Satz nach, begleitet von Musikthema 4 und buntem Licht, das sie blendet aus allen Ecken, wo sie Muße suchte und verwirrt zurückkehren läßt zu ihrem Anfang.)

Manche steigen auf unbesteigbare Berge, ohne Sauerstoffmaske, und atmen den herumtreibenden Atem ein.

(Die Tänzerin versucht, in die Höhe zu kommen und atmet schließlich laut und bald unterstützt vom Musikthema 5, bis sie in der Herumstehstellung der neuen Dinge lauert.)

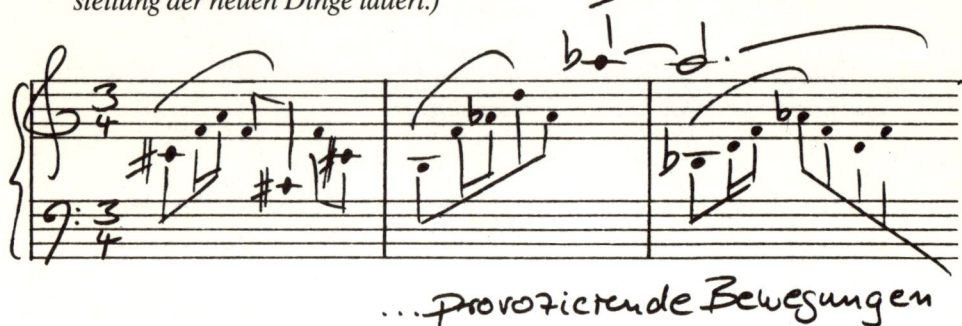

...provozierende Bewegungen

Der moderne Herumsteher versucht, seine Umgebung durch anzügliches Herumstehen zu schockieren.

(Die Tänzerin wählt zu diesem Beispiel fünf Positionen, begleitet von fünf Akkorden des Musikthemas 6.)

Andere erheischen durch provozierende Bewegungsabläufe unnötige Aufmerksamkeiten.

(Es wird dazu Bewegung genommen mit dem Musikthema 7.)

Es gibt sogar Herumsteher, die sitzen wie magisch auf einem Stuhl und schlagen mit ihren Blicken alles in Bann.

(Die Tänzerin deutet dieses Sitzen ohne Stuhl an und gähnt laut und vernehmlich. Diese Stellung kann eine Parodie auf ein tatsächliches oder eingebildetes Publikum werden, kann aber auch nur auf das Ritual des Fernsehschauens hinweisen. So oder so fällt dazu das Musikthema 1 wieder ein.)

"...unnötige Aufmerksamkeit durch provozierende Bewegungsabläufe..."

Die träumenden Herumsteher, die sich ihres „Herumstehens" nicht bewußt sind, überraschen in seltenen Augenblicken, kostbar wie eine Sternschnuppe, durch ganz und gar unschuldige Umsetzungen ihrer traurigen Gedanken.
   (Die Tänzerin reagiert.)

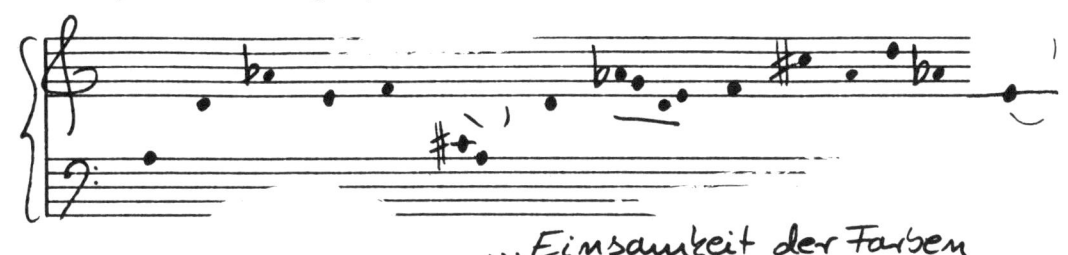

… Einsamkeit der Farben

Im freien Raum, dem Erdenraum, dem Weltenraum, unter einem Mond am Strand, mit Meer im Hinterland, wachen sie plötzlich auf aus ihrem Stillstand,
   (Das Licht reagiert, ebenfalls sind Meereswellenschläge zu hören …)
wie eine Märchengestalt, wachgeküßt, erlöst aus hundertjährigem Schlaf, und schmeicheln den Menschen des Lebens. Sie tanzen …
   (Die Tänzerin tanzt so schön sie kann.)
Sie tanzen und tanzen, wie ein Astronaut im Weltraum …
Tanzen und tanzen wie der Läufer auf dem Eis …
Tanzen und tanzen wie der Mann, der gerade erfahren hat, daß er Vater von gesunden Drillingen geworden ist …
   (Der Walzer vom Musikthema 8 gesellt sich dazu.)
Tanzen und tanzen wie ein Safeknacker, der endlich im Tresor sein Auskommen für das Alter vorgefunden hat …
Tanzen und tanzen wie die Frau, die wie eine Schlafwandelnde aus dem völlig zerstörten Auto aussteigt und auf der Autobahn A 33 das Leben neu begreift …

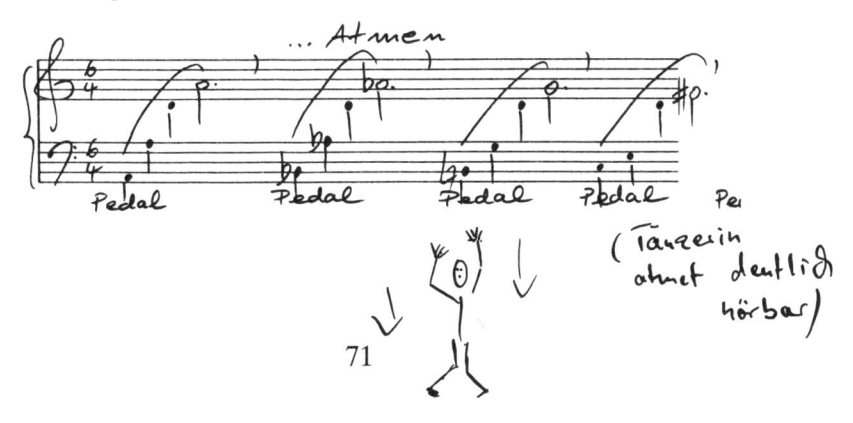

… Atmen

Pedal   Pedal   Pedal   Pedal   Pe

(Tänzerin atmet deutlich hörbar)

(Die Tänzerin und die Musik tanzen, bis sie erschöpft abbrechen. Auch Licht und Ton passen sich der neuen Situation an ...)

Die träumenden Herumsteher, die sich ihres „Herumstehens" nicht bewußt sind, überraschen in seltenen Augenblicken, kostbar wie eine Sternschnuppe, durch ganz und gar unschuldige Umsetzungen ihrer traurigen Gedanken, bis sie erschöpft zurückfallen in selbstgesteckte Grenzen, manchmal mit einem Hund an einer Leine, der nur pinkeln will und zerrt und einen nur Hundeführer sein läßt, egal ob mit Mond und Strand und Meer im Hinterland ...

(Die Tänzerin steht allein auf der Bühne wie am Anfang der Abhandlung. Das Telephon fängt an zu läuten ...)

Wer küßt die herumstehenden Hundeführer? Vielleicht die herumschwebenden Astronauten, vielleicht die herumtanzenden Väter, vielleicht die herumschweißenden Safeknacker, vielleicht die Frauen aus den zerstörten Autos ... ...

(Die Tänzerin geht zum Telephon und nimmt den Hörer ab. Das Licht geht aus.)

(Tip: Der wiederkehrende Ton „AS" im Musikthema 7 könnte die Tänzerin zu wiederkehrenden provozierenden Aussagen ermutigen.)

Egmont aan Zee 28.12.1987
Paderborn 7.1.1988 in Freundschaft für B.A.

Von der Weißheit der Bäcker

Alte Bäcker haben Teighände und Augen aus Rosinen. Sie haben neun Finger und Ohren aus Blätterteig mit einer schwarzen Schokoladenspitze.

Ihre Tränen ergießen sich salzig, vermengt mit Muskat, Hefe und Mehl.

Ihre natürlichen Feinde sind die Hornissen, die der Süße ihrer Pflaumenbleche nur noch die Süße ihres Blutes vorziehen, bevor es resistent wird und Stiche schluckt wie einen warmen Amerikaner.

Ihre modernen Feinde heißen *Aldi, Plus* und *Minipreis* (oder wie sie sich verbergen mögen unter einem Namen groß wie Sahne), diese Supermärkte mit den Plastiktüten, in denen sie Brote gegen ihren Willen *Horten* für einsfünfzig und zweiachtzig.

Diese alten Bäcker (in einer Reihe anzusiedeln zwischen Müller, Schneider, Schuster und dem Schmied), diese schweigsamen Morgendiener, die den Anbruch des Tages als Backzeit nutzen; denken an Regentagen an Puddingteilchen, die als zwei Pfützenweiher nebeneinanderliegen und in der Momentaufnahme eines niedergefallenen Tropfens Wasserringe bis zum Rand schlagen und erstarren, genau in der Bewegung und genau mit dieser Spannung nach außen hin, als wäre diese Pfütze kurz vor dem Überlaufen, wie der Pudding in der Acht vom Puddingteilchen, das in dem Einzellabyrinth der Rosinenschnecke seine manifestierte Entsprechung findet.

Der erste Schnee erinnert den weißen Gesellen an herabrieselnden Puderzucker aus dem himmlischen Puderzuckersieb auf den ahnungslosen Bienenstich (diese Namensopfergabe an all die unersättlichen Schwadenstürmer und Wadenstecher).

Beim Drehen der Berliner im Zucker schaut er den Kindern zu, die sich im Straßengraben im brusthohen Schnee wälzen, bevor er die possierlichen Glanzstücke aufspießt und ihnen den süßen Marmeladenstoß versetzt und sie verwundbar macht für all die Leckermäuler und Schleckerzungen.

Die Schwere des reifen Frühlings vor dem atemlosen Taumeln des überschäumenden Sommers erwartet er — älter werdend — wie der junge Teig die Teigruhe, wo er sich mit Leben füllt und reift und eine

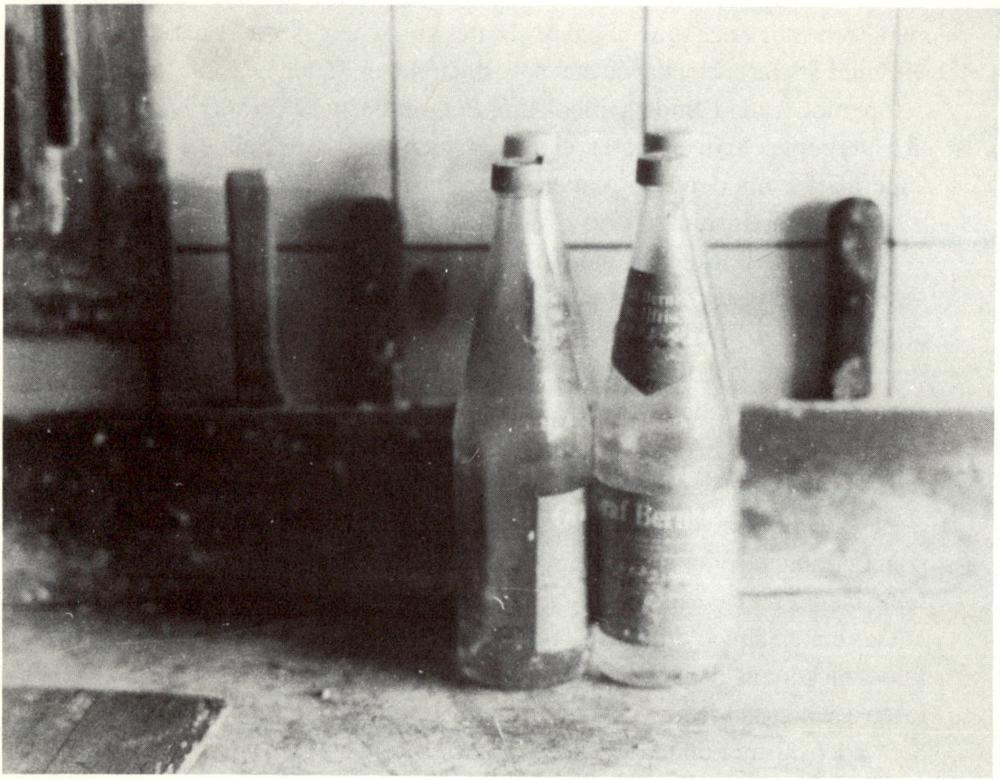

neue Haut bekommt, wie der Mond, wie der Tag, wie alles Leben. Wie durchschaubar erscheint der herbstliche Nebel vor dem Abspritzen des heißen Brotes, wo sich der Tag für Sekunden im undurchlässigen Wasserdampf verbirgt.

Der frühlingshafte Windbeutel (dem man den Namen eines Schmetterlings zugestehen sollte, vielleicht dem einer tropischen Art), der sommerliche Zwetschgenkuchen, der spätherbstliche Pfeifenmann und die winterlichen Printen und Spekulat*ii*; alle vier Jahreszeiten finden sich als Düfte und Stimmungen in den Backstuben der alten Backdruiden.

Castiglione Della Pescaia, 1986
für meinen Vater

wahrheiten über busse

1

ein bus ist ein bus und noch ein bus mehr
sind zwei busse

busse halten nur an bushaltestellen
sonst fahren sie tagein/tagaus
exakt nach busfahrplan

wem der bus vor der nase wegfährt
sieht ihn von hinten
und keiner winkt und keiner weint

auf dem busparkplatz stehen busse neben bussen
wie im spalier
als erwarten sie hohen besuch
dabei sind busse nur nicht gern allein

die heimat der busse ist der busparkplatz
ein busparkplatz ist der bruder vom walparkplatz
und der hupt nicht
der sprudelt und pfeift

ein leerer busparkplatz wirkt viel größer
als derselbe volle
nichts wirkt leerer als ein leerer busparkplatz
nichts wirkt voller als ein voller

2

die meisten busse sind verwunschen
und treiben mit reklametafeln durch die städte

ein verwunschener bus kann seinem schicksal nur entrinnen
durch die selbstanzeige einer jungfräulichen schwarzfahrerin

ein erlöster bus wird schwarz-weiß gestrichen
und darf auf safari nashörner rammen

3

manchmal sieht man vor lauter bussen keine altstädte mehr
viele sagen
wir brauchen kleine busse
manche aber auch
wir brauchen mehr altstädte

kommt zeit
kommt rad

4

busse haben eine grundausstattung
zu der neben vier reifen auch ein lenkrad gehört

busse besitzen kleine rote fensterhämmerchen
die nicht nur nett anzusehen sind
sondern auch dem busfahrgast die möglichkeit offen lassen
selbst während der fahrt
durch das fenster auszusteigen

busse sollten auch toiletten haben
aber das glaubt niemand
viele schlagen lieber die beine übereinander und malen verlegen herzen aus

5

alle busse sind besonders stolz auf ihre kleinen roten — stop — knöpfe

drückt der busfahrgast auf diesen knopf
passiert das wunderbare

der busfahrer wird an der nächsten bushaltestelle halten

der busfahrgast kann nun aussteigen und winken
er darf aber auch im bus sitzen bleiben
und erneut den roten stopknopf betätigen

wieder passiert das wunderbare

der busfahrer wird an der nächsten bushaltestelle halten

der busfahrgast kann nun aussteigen und winken
er darf aber auch im bus sitzen bleiben
und erneut den roten stopknopf betätigen

wieder passiert das wunderbare

6

in manchen bussen sitzen nur amerikaner
die sprechen nur amerikanisch
(außer ‚spiegeleier' und ‚heidelberg')
kauen kaugummi und haben — super — gute laune

in manchen bussen sitzen nur fußballspieler
die haben trainingsanzüge an und umarmen sich
wenn von ihnen fotos gemacht werden
(nach einem verlorenen spiel schauen sie immer auf den boden)

busse voller skin heads müssen nach der fahrt
vollständig überholt werden
da sind selbst die fahrten mit der bäckerinnung und der schornsteinfe-
gervereinigung angenehmer
und schwarz und weiß gehören schließlich auch zusammen

gemütlich sind die busse, in denen nur senioren sitzen
die singen immer und der bus wackelt beim schunkeln

schützenbrüder wissen sich nicht nur auf hinfahrten zu benehmen
auch auf rückfahrten liegen sie ordentlich grün auf grün gestapelt in
den gängen und kotzen nicht die teueren sitzbezüge voll
uuuuuuuaaaaaahhh
außerdem fragen sie immer vorher
ob sie drei kisten bier
eine erbsensuppe
ein bockwürstchen und vierzehn korn
mit in den bus bringen dürfen
uuuuuuuaaaaaahhh

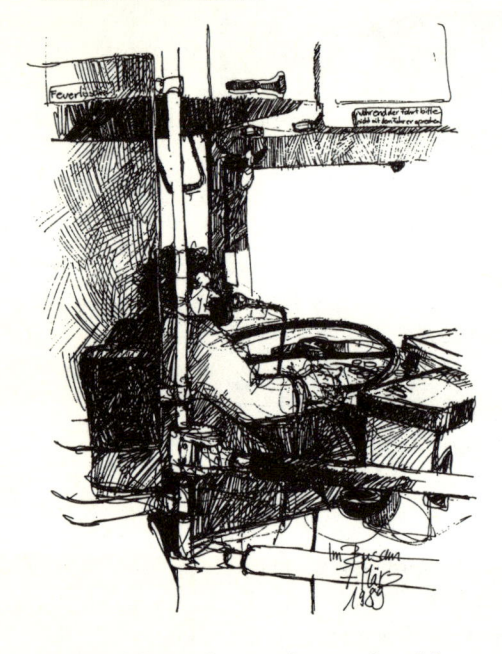

kinderfahrten kosten immer busfahrernerven
kinder weinen dauernd und müssen immer pinkeln
kinder essen ihren reiseproviant mit krümeln
schon vor der fahrt auf und bewerfen dann andere kinder mit maoam-
klümpchen

niemand weiß von den bussen der bundeswehr
sie sind so erstaunlich gut getarnt
daß man sie erst bemerkt
wenn man dagegen gelaufen ist

viele stadtbusse schauen geringschätzig auf ihre kollegen landbusse
weil stadtbusse in der stadt eine eigene spur haben
dafür fahren bei landbussen manchmal hühner mit
und legen eier

es gibt eine prostituierte in büren
die arbeitet in einem engen bus
der nicht mehr fahren kann und steht
an den scheiben hängen gelbe vorhänge
und sie raucht zuviel
alles in allem eine unbequeme und unangenehme sache
die nur am rande erwähnt werden soll
und auch nicht glücklich macht

es gibt busse
die haben getönte scheiben und fahren in den zoo
drinnen ißt ein schimpanse eine banane
und michael jackson bittet den busfahrer
ein deutsches volkslied zu singen
aber das darf er nicht
busfahrer dürfen während der fahrt nicht singen
und schon gar nicht ein deutsches volkslied
eine verordnung
die sicherlich auch vorteile hat

es gibt busse
die sind ganz leer und weil nacht ist
beleuchtet
da möchte man einsteigen und mitfahren
egal wohin
der letzte im bus macht das licht aus

7

busfahrer sind keine gondoliere
busfahrer sind busfahrer
busfahrer dürfen während der fahrt nicht sprechen

(und auch nicht singen …)
auch nicht so einfache dinge wie
mein hund der hat drei zecken
drei zecken hat mein hund
und hätt er nicht drei zecken
dann wär mein hund gesund

es sollte für einen busfahrgast selbstverständlich sein
den busfahrer nicht durch kaugummikauen
und plötzlich-keines-mehr-im-mund-haben zu provozieren

der busfahrer fährt den bus
auch in den kurven
busfahrer schlafen nur im bus
und ihre freundinnen auch

busfahrerkinder sitzen auf kirmessen
nur auf den fahrersitzen der kinderkirmeskarussellbusse
dort üben sie stillsitzen und fahrpreise einfordern
denn kinder von busfahrern müssen immer busfahrer werden
auch wenn sie geige spielen können
und eine gute stimme haben

wenn busfahrer einen busfahrerbetriebsausflug fahren
spielen alle busfahrer „die dienstreise nach jerusalem"
mit einem sitzplatz weniger als busfahrer anwesend sind
der busfahrer
der das spiel verliert
muß den bus fahren
darf kein kaugummi unter seinen sitz kleben
und darf nicht mitspielen
(selbst wenn die kollegen busfahrer im bus
ich-sehe-was-was-du-nicht-siehst-und-das-ist-schwarz
spielen
und sich die hände lachend vors gesicht halten)

busfahrer altern schnell
sterben im stau
und werden in kleinen schwarzen bussen begraben
(in denen sie nicht sprechen dürfen und auch nicht weinen)

(an den kleinen schwarzen fensterchen
kleben kleine schwarze hämmerchen
als mahnung an die vergänglichkeit
als stachel für die reiselust)

— doch ist man erst krepiert
ist alles reserviert —
für würmer und die teufel mit fragen nächtelang
— sind busfahrer gute liebhaber —
— stört es sie wenn ich rauche —
— wer ist der bürgermeister von wesel —
diese ständigen fragen
die man nie und nimmer beantworten darf
wenn man nicht auf ewig verdammt sein will

busfahrer landen meistens in der hölle
da sie dauernd in sich hineinfluchen
und es in ihnen aussieht wie in einer folterkammer
für schwarzfahrer und kaugummikauer

es gibt busfahrer
die enden im himmel im sogenannten busfahrerparadies
dort liegen sie den ganzen tag faul im bett herum
(das die form eines linienbusses hat)
und reden und lachen und spielen

busfahrer nennen diesen tag
bus- und bett-tag

wir hier unten
nennen diese erscheinung am himmel
cumulus wolken

(und das sind die kleinen weißen busse
mit den kleinen weißen busfahrern
die ihre busse täglich schrubben
und von allen werbeträgern befreien
und ganz neu mit sternen schmücken
stern für stern
stern für stern
stern für stern
so als würd es
frühling)

Wiesbaden
Köln
München
Paderborn
1988

Von der wärmsten Stelle des Lebens

Kleine Stadtgängerprosa

Es könnte sein, daß ihm sein Anzug mal gepaßt hat. Menschen verändern sich im Alter, sie schrumpeln ein, verlieren an Halt und hören auf, an morgen zu denken. Es war sogar möglich, daß sein brauner Anzug zu irgendeiner Lebensart den modischen Erwartungen der Modischen entsprochen hätte, aber was kümmerts den Vorbeihetzenden, was ärgerts den Stehenbleibenden? Der braune Anzug von Paul war maßgeschneidert, nur hatte sich das Maß gekrümmt und verschwand in den Ärmeln wie in einer Zwangsjacke.

Manchmal endet ein Leben ohne Aufhebens in aller Öffentlichkeit, so gering ist der Unterschied zwischen Leben und Tod. Den roten Gregor überfiel es auf der Toilette im Kaufhof, vielleicht aus Glück, weil man ihm an der Restaurantskasse den Kloschlüssel ausgehändigt hatte. Sternenwerner hockte wie schlafend vor einem Schließfach Nr. 1789 in der Post, es war der Beginn der französischen Revolution und gefüllt mit einem Prospekt für einen Schnellkopierer. Manche bevölkern das Treiben in der Stadt, sie wohnen dort wie andere am Berliner Ring oder in der Riemekestraße. Bauliche Veränderungen kommen ihnen wie Umzüge vor, und Leute, die in der Stadt herumlaufen um einkaufend herumzuglotzen, wie unangemeldeter, nicht gern gesehener Besuch.

I

Paul hatte keine Zähne und kein Gebiß, nur einen Mund, der „wie immer am Kauen war". So verstand man ihn nie und „was er wollte", aber man sah es und daß er was wollte. Was will Paul im Stehkaffee, wenn der Kaffee dampft um die Mittagszeit? Was will Paul bei *Broer*, wenn sich die Würstchen auf dem Rost wie Robben in der Hitze aalen? Was fragt Paul den Raucher und hält seine gelben Finger wie ein Victory-Zeichen in die Luft?

Die paar, die ihn von früher kannten, als er mit dem großen Manfred unterwegs war, nannten ihn noch „zwei Schritt dahinter" wegen seiner kurzen Beine. So war der große Manfred immer vorgegangen, und

„sein" Paul folgte ihm so gut es ging und zwei Schritt dahinter. Wenn sie Stummel sammeln gingen, konnten sie auf dem Rückweg stolz auf eine saubere Straße blicken. Das war schon ein Leben in Schutz, das Leben im Rücken vom großen Manfred. Paul wurde so kleiner und dünn wie ein Strohhalm, vielleicht, weil er so wenig Sonne abbekam, vielleicht, weil ihn der große Manfred seitdem auf dem Rücken trug. „Die wärmste Stelle des Lebens an mir ist mein Rücken, mein kleiner Paul", schrie der große Manfred und reichte die Flasche mit *Aldi*-Fusel nur eine Etage höher.

Einmal fuhren sie mit dem schwarzen Rad — es war nicht abgeschlossen gewesen und stand vor einer Großbäckerei — bis zum Rhein. Das Rad hatte einen großen und einen kleinen Reifen, und auf dem kleinen Reifen war ein Korb aufgeschweißt, in dem saß Paul und schaute von unten seinem großen Freund in die Augen. Am Rhein lagen sie am Ufer auf Steinen und glotzten in die braune Brühe. „Der Rhein paßt zu dir", sagte der große Manfred, und Paul brauchte eine Viertelstunde, bis er den Witz auf seinen Anzug bezog. Am Abend sah der große Manfred etwas aufblitzen, eine Flasche, die die untergehende Sonne in sich trug. Der große Manfred zog den Korken mit den Zähnen aus dem Hals. „Niemand liebt dich so wie ich-Inga". „Tja, mein Schatz," sagte der große Manfred, „tut mir leid, mein Korb ist schon voll. Ich habe einen braunen Vogel." Paul saß schon vorne auf dem kleinen Reifen und hatte sich seine Jacke unter seinen Allerwertesten gesteckt, damit er sich nicht mehr so fühlt wie ein Würstchen auf dem Grill. Beide haben dann viel gelacht, zumal Manfred von einem Liebling in Hamm erzählte, der er ein Haus in Kolumbien versprochen hatte. Sie stürzten kurz vor Bielefeld, und Pauls Mäusezähne lagen neben ihm wie ein geworfenes Schicksal. „Is meinä Anzuchsjache noch heihl?" fragte Paul, aber die Schlingschlang-Wörter aus dem zahnlosen Mund wanden sich unerklärt um die gaffenden Zuhörer. Zum Glück war der Anzug noch heil, und am Abend tranken sie viel zu viel, so daß Paul seinen großen Manfred zweimal sah, außer er hielt sich ein Auge zu. Den nächsten Winter verbrachten sie in Paderborn, weil der große Manfred dort „wen" kannte, der was für sie tun konnte. Leider war der nicht da, sondern nur eine nichtbezahlte Rechnung von ihm, und so lungerten sie immer auf dem gleichen Platz herum, der der Kirche gehörte und der Stadt ein Dorn im Auge war. Einmal kam die Königin von England zu Besuch, die Paul gern gesehen hätte, aber sie wurden alle von der Polizei aufgegriffen und weit aus der Stadt herausgefahren, wie bei einem Ausflug, nur mußten sie den Rückweg zu Fuß bewältigen, und der Weg war weit und bald konnte auch der große Manfred nicht mehr den Paul auf sich dulden. Die Prozession verlor sich im Dunkeln, weil man die Hand nicht mehr vor Augen sah, und als sie so nach und nach ihr Ziel erreichten, war die Königin fort und auch der große Manfred, als hätten sich beide getroffen, und nun trug er sie auf dem Rücken und „über den Kanal". Paul trank seit der Zeit nicht mehr, weil er nicht wußte, wie er allein nach „Hause" kommen sollte.

II

Paul wohnte in dem Heizungskeller einer Kirche. Er mußte sich sechs Uhr abends dort einfinden, dann schloß der Küster ab und bat alle Schläfer wieder am nächsten Morgen um sechs heraus. So ließ sichs leben, zumal man ihn „Paul" nannte und er sich zu alt fühlte, um anderswo Glück zu suchen. Die Zeit bis um neun verbrachte er am liebsten in der Kirche und beichtete zweimal im Monat bei Pfarrer Rath, der fast taub war, und Paul war doch auch fast wie stumm. „Ich beeue, ich beeue, ich beeue ...", sagte Paul. Um neun erwachte die Stadt und stellte ihre Reklameschilder vor die Tür. Paul ging dann in die Sparkasse und las dort die Zeitung, er dachte, wenn sie ihn hier mal rausschmeißen werden, dann ist sein brauner Anzug „wirklich" abgetragen. Der erste Kaffee in einem Stehkaffee war oft ein „Probierkaffee", und danach lief Paul zur Post. Paul liebte die Paketabfertigung, dort hörten sie immer Musik, und er lauschte, bis ihn das Treiben unruhig machte. Die wärmste Stelle des Lebens zum Träumen war auf der Heizung des Schnellimbisses *Broer*. Dort bekam er manchmal ein Brötchen zum Stippen in Gulaschsoße. Danach mußte er immer gehen, deswegen hoffte Paul immer darauf, das Brötchen zum Stippen möglichst spät zu bekommen. Er und sein Brötchen, das war schon ein Bild, wenn es „so" vollgesaugt war und „er es so auslutschen konnte".

Gestern war Paul in der Zeitung mit einer Krone abgebildet gewesen. Er sollte auf der Straße den König von allen spielen, „aber er wollte gar nicht", aber da hatte er schon die Krone auf und saß auf einem Stuhl, und „welche" tanzten vor ihm her. „Paul hatte gar keinen König gespielt, er wollte ja gar nicht, aber das hat keiner gemerkt." Alle haben geklatscht, und Paul ist fortgelaufen mit der Krone auf dem Kopf, bis ihn ein Zwerg eingeholt hatte und ihm die Krone vom Kopfe stahl. Als er zum Keller kam, war dieser verschlossen. Die andern haben von innen sein Klopfen gehört, aber das nützt nicht viel, wenn man gehört wird und trotzdem die Kälte an einem hochkrabbelt. Die Nacht über saß er im Park mit seinem braunen Anzug, und es fror in ihm, und er konnt' sich nicht setzen vor Kälte und lief bis zum Bahnhof, der schon geschlossen und „dunkel wie ein Loch" war. Draußen roch es nach Schnee.

III

„Er mußte eingeschlafen sein", als er erwachte, war alles weiß, und vor ihm stand der große Manfred und hob ihn hoch wie einen Stuhl. Paul war ganz weiß, selbst auf den Schultern trug er kleine Hügel, und des großen Manfreds große Hände bildeten die ersten Spuren im frischen Schnee, wie tiefe Täler auf dünnen Oberarmen. Der große Manfred nahm ihn nicht huckepack, sondern legte ihn auf eine Bahre. Warum trug der große Manfred nur weiße Hosen und einen Bart mit Eisklumpen?

IV

Die wärmste Stelle des Lebens zum Träumen ist auf einer Langspielplatte immer das vierte Lied auf der zweiten Seite.

„Gestern ist Paul in der Zeitung gewesen mit einer Krone, und vor ihm haben Zwerge getanzt und eine Prinzessin, die ihm auf die Stirn küßt. Hat er gar nicht bemerkt, und die Prinzessin wurde auch von einem Mann gespielt." Ein weißes Hemd, mit einer Hose und zwei Schuhen, hat ihm die Zeitung gezeigt, und Paul trinkt dabei Kaffee, und der Weiße drückt ihm das Kissen in das Becken, daß er thront. Eine weiße Frau öffnet ihm die Marmeladenkistchen und schmiert auf sein Weißbrot weiße Margarine, in seinem weißen Kopfkissen hört er Musik. Paul spürt manchmal noch die Kälte an sich hochkrabbeln, dann schaut er auf die Sonnenblumen, die als Bild an der Wand hängen.

Als er das erste Mal sich zum Schrank bewegte und wieder zurück, warf er einen Blick in den weißen Schrank, aber er fand dort seinen braunen Anzug nicht. Es schien, als wollte man ihn hierbehalten. Paul hat heute einen weißen Mann gefragt, ob hier so'n Großer arbeitet, der immer Zigarettenstummel aufsammelt. Der weiße Mann lachte nur und brachte Paul einen Kaffee mit Kuchen in Plastikfolie.

Am Nachmittag hat es geklopft und fünf Männer und zwei Frauen — alle in weiß — standen im Zimmer und haben viel gelacht. Paul konnte sagen was er wollte, sie schienen ihn zu verstehen.

„Wenn er hier schon mal König werden sollte, dann sollen sich alle gefälligst was Buntes anziehen und hier nicht herumrennen wie Quarktaschen", oder um deutlich zu werden: „Wenner hie scho ma chönich wer'n soll, dan soll'n sich ahl wa bunnes anzieh'n und hie nich rumrenn wie Kwarttaschn..."

> Auf steigt der Strahl und fallend gießt
> Er voll der Marmorschale Rund,
> Die, sich verschleiernd, überfließt
> In einer zweiten Schale Grund;
> Die zweite gibt, sie wird zu reich,
> der dritten wallend ihre Flut,
> Und jede nimmt und gibt zugleich
> Und strömt und ruht.
> (Conrad Ferdinand Meyer)

Brunnengeschichten

Dombrunnen

hier wird nicht geschwelgt / zu ehren von was / knüppel aus dem sack / hier wird / einfallslos / wasser verplempert / verschwendet / früher schossen fontänen / peitschten orkane unartig in höhen / neptun inmitten der flut / mit dreizack und taube / taube / nein / die ist echt / harry lehmann / der mann auf dem moped / mit stiefeln bis unter die achseln / berliner mit bart / wartung der brunnen / kein leichtes amt / der künstler des brunnens / so lehmann / habe gesagt / lehmann / sie machen das schon / dann stieg er / lehmann / in die erde / drehte die räder und aus dem streuselstrudel wurden wolkenkratzer / passanten beschwerten sich / bei wind von links / trieben sie unweigerlich in neptuns wasserarme / naß wie vier ratten / geprügelt im sturm / so stieg lehmann in die erde und aus den wolkenkratzern wurden gi / sprich dschie ei / pinkeleien / so wird aus groß klein gemacht / alte postkarten erinnern an dieses strömen / so plappern die kleinen wasserwellen / da ist kein meer mehr sondern bach / ach / am brunnenrand / aalglatt und rund / sitzen kinder / schlürfen sprudel / essen watte / spritzen den tauben hinterher / manchmal fällt ein kind in den tümpel / brunnenvogelscheuche läuft den fontänen den rang ab / kleiner wassergott / der brüllt / der zittert / der tropft aus allen löchern / väter halten es weit von sich / wie einen zu fruchtigen pfirsich / wie einen zu feuchten aufnehmer / mütter beschimpfen das schreiende etwas / manche kramen im kriege nach tempotaschentüchern / manche stützen im sturme ihr haus mit einem

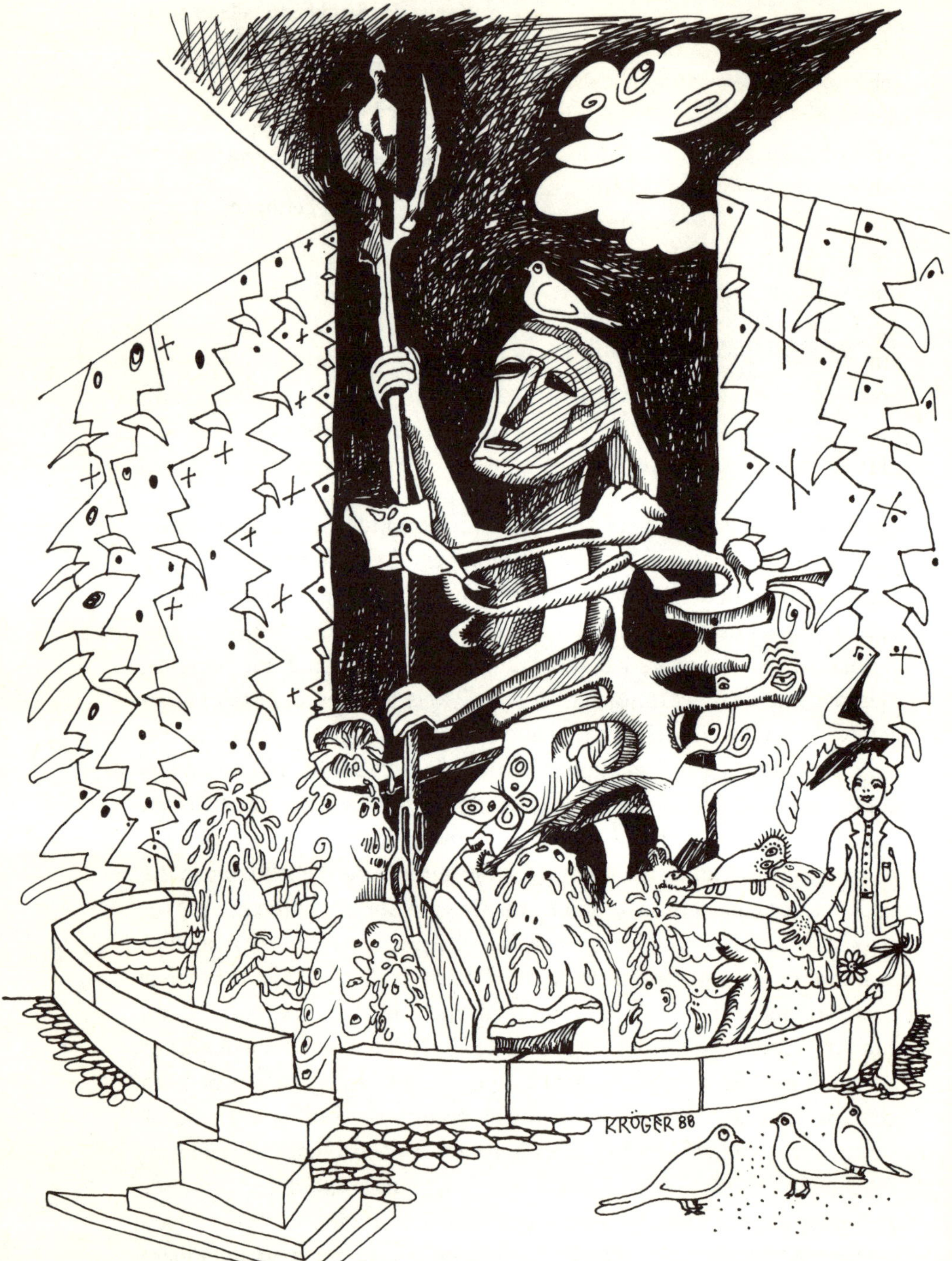
KRÖGER 88

spazierstock / da siehst du's / kleine pullover mit luftballons tropfen /
kleine hosen mit herzen tropfen / kleine strümpfe quatschen / quatschen mit blauen schuhen / als hätte neptun ein kind getauft / als hätte
der himmel ein opfer verlangt / die mutter wringt inzwischen ihr kind
aus / der platz ist getaucht im tempotücherweiß / wie nach einer stürmischen liebesnacht / das kleine häufchen elend wird wie ein blumenkohl
in eine tüte gesteckt / mit drei löchern und schriftzug auf dem kopf / aldi
/ wie ein sonderangebot / lacht es umher und leckt / erst die finger /
dann ein taubeneis / waldmeister mit schlagsahne / die tauben bilden
schließlich einen teppich und fliegen mit dem kind davon / die eltern
atmen erleichtert auf und kaufen sich einen wellensittich / der nicht
arschloch sagen kann / im brunnen selber rauscht es nun hoch / vierarmig direkt und aus löchern der statue / neptun am seibeln / plump
platsch in allen gassen / springteufelsohn / von einem dicken mann
gesungen / als wäre etwas aufgeplatzt und sprudelt unkontrolliert / neptun bricht aus der erde mitten / wie auf kurzurlaub protzt er selbstherrlich / als käme er nur auf einen sprung vorbei / mit wohnsitz in rom / wo
sonst / mit recht für das wasser geliehen / beim dombrand 1815 / als ein
blitz den turm / den domturm / entzündete und eine lange menschenschlange seinem vater viel wasser entriß / willy lucas malte ihn 1906 in
öl auf leinwand bei abendstimmung / weinhaus goertz stellte vaters
kopf in einem schaufenster aus / das war alles / was man fand / nach
einem verlorenen krieg / heute tafelt neptun wie ein kuckucksei / überheblich und feist / neu gestaltet mit dem zorn der zeit / in seinem wasserbett / ernährt sich von taubenscheiße und macht sich breit / in seiner
viel zu kleinen badewanne / läßt sich von sonne den rücken kraulen und
singt / wassermann / wassermann / wassermann im wasser kann / wassermann / wassermann / fängt er an zu singen an / manchmal steckt ein
turnschuh auf seinem dreizack und harry lehmann / siehe oben / humpelt verbittert durch die stadt / im winter schweigen alle brunnen /
brunnenwinterschlaf / /

Rathausbrunnen

wer lobt hier die alte zeit / füllt großzügig und summt / da läuft was über und stürzt / hier dringt was raus und strahlt / welch ein geplätscher / welch ein geplatscher / was sich hier trifft / bleibt zusammen / welch ein kommen / welch ein bleiben / wie auf einem friedhof im herbst / wer möchte da leben und blumen gießen / welch ein lachen / welch ein gröhlen / wie kinder auf dem pausenschulhof / da gibts den weg wo alle durchmüssen / hier entsteht etwas / ein gefühl das sich sucht und findet / zwischen oben und unten / da fließt was zusammen / macht einen klang / der ist neu / da ist oben und unten / welches fallen im rauschen / da stürzt was und sucht seinen weg / hinab in die tiefe / es zieht uns nach unten / wir plätschern und suchen kontakt / mit händen und füßen / da speien köpfe wasserströme aus / köpfe mit berliner backen und blumenkohlwellen / die büßen dafür / daß sie zu lebzeiten zuviel getrunken haben / nun betteln sie / durst / durst / doch das wasser entweicht ihnen / fließt einfach heraus / wie nach einem zahnarztbesuch / der mund ist betäubt / hält nichts von allein und schaut den dingen zu / die aus ihm laufen / so ist er / der vierstrahl und mittelplatzbrunnen / die kaufhaus ag schmückte ihn mal als italienischen brunnen mit drei überlaufbecken als schaufensterdekoration / so steht er nun im heimatmuseum als werbegeschenk und schämt sich als fälschung / als wär ein dromedar ein kamel / vor einem brunnen kann man opa und oma photographieren / auf einem photo steht der brunnen still / oma und opa auch / manche brunnen lächeln auf schwarz-weiß-fotos / andere verbergen eher ihr gesicht und verstecken sich hinter dem breiten rücken einer schulklasse / manchmal wirft sich der wind in den wasserrhythmus / zerfliegt den plätschertakt / als würde der brunnen rebellieren und wollte fliehen aus der kalten betonumklammerung der kleinstadt / so sträubt sich das wasser nach oben / manchmal genügt ihnen ein streicheln / dreimal und ehrlich gemeint / dann beruhigen sie sich schon wieder und umhüllen alle körper mit schweigen / auch die streichelhand / die ein kleines meer entführt und dann schweigt / sich verklärt in die tasche steckt / und nur hervorkommt / wenn sie umarmt wird / /

MACHEN WIR DIE FENSTER ZU UND DIE RÖCKE LÄNGER
VISIERE HOCH, RITTER WIR KNUTSCHEN
DUMM SEIN + ARBEIT HAB'N = GÖTLICH
KRöGER 88

Marienbrunnen

die kommunionskerze / der verzierte elefantenzahn / die dame in einem riesenschachspiel / hoch oben steht sie / sie betet / als lägen ihr preise im winterschlußverkauf am herzen / sie betet in richtung rathaus / manchmal stellt man ihr ein lämpchen zu füßen / den krieg überstand sie wie eine eins / nur der frieden zerstört sie und nagt an ihrem gesicht / die arme schöne / manchmal trägt sie ein taubentuch / manchmal passend den taubenhut / das steht ihr / mit blauem himmel darüber / weit oben / noch über dem kaufhaus / unantastbar / mit blick auf uns / unter ihr in den regennischen / stehen meinolfus / liborius / karl der große / heinrich der zweite / umrahmt von engeln / alle schauen vor sich hin / als hielten sie ausschau nach jemandem / der ihnen noch geld schuldet / hier keine sonderheit / anders zu ihren füßen / raubtiergesichter / die hüter des platzes / sie schauen verwundert / aus ihrem munde dringt ein strahl / direkt in ein becken / jedem der vier entfährt er nach unten / dort harren verwandte gestalten / jeweils drei haften am becken / treiben den großstrahl aus ihren mündern / wenn sie nicht an verstopfung leiden / pausieren sie nur des nachts / zum schutze der träumenden kinder / bettnässer verführt nur der regen / so rotzen die fratzen in den riesigen spucknapf am boden der säule // kinder werfen blüten ins wasser / lassen die strahlen durch die finger fahren / manche mutige steigen empor / halten den monstern das maul zu / so spritzt mancher mund weiter und dem coca-cola-dosen fischenden priester die hose naß / das macht spaß //

Franziskanerbrunnen

typisch antonio petrini / läßt seine fassaden hinter blitzen ruhen / feixt der brunnen in einem stempelkarussell / oben tanzen wassernixen auf der cocktailschale / tanzen wilder als die polizei erlaubt / vorsicht / gleich springt alles außer rand und band / dieser umgekippte riesenstempel / hier wird's ausgeschickt und weiß noch nicht wohin / da ist ein weg dazwischen / alles ruht hinter dem leben / der durch luft und sonne in den schatten fällt / da sprudelt etwas und wird plötzlich ängstlich / wohnt im dunkeln die kälte / was wird aus uns im niemandsland / aus dröhnen / aus gröhlen wird kesseltreiben / da findet ein junger anfang ein altes ende / verrinnen der zeit / mit abstand und würde / ein lebenslauf / der auch mal über die stränge schlägt / bevor er lernt und klagt und reift / da patscht keine hand durch den wasserstrom / da steht niemand vor und lehnt sich an / da spritzt manchmal wasser auf / da läuft man schon weg / da geht man drum rum / das ist nicht ein ausrufbrunnen / wie aaah / wie ooooh / wie uuuh / da senkt man eher den kopf und wartet ab / manchmal schaut man von oben / bei sicherem abstand / in den schlund des brunnens / rotzt nicht hinein / und lehnt sich nicht zu weit nach vorn / da glaubt man noch / da wohnt jemand / der nicht gestört sein will und böse werden kann / wassergeist dreimal spucken / das hört er auch / das merkt er sich / er stößt das wasser empor / mit gruß und grollen / heute war er mit seinen kindern auf dem liborirummel / es schwimmen drei luftballons auf dem wasser / einer hat ein los neben sich treiben / darauf steht niete / pech gehabt / /

Zweigroschenbrunnen

der namenlose / der unter einer fußgängerbrücke sein dasein führt / zwischen aufbetonierten schutzwällen einen weg sucht / dieses zwölfte hindernis einer minigolfanlage / wird im volksmund nach seinem müll benannt / müllbrunnen / so drückt er sich aus / wie ein besoffener / ihm ist egal was andere von ihm hören / wie verwunschen und verflucht / wie verbannt zu fließen / strömt er zu laut / fünffingerstrom / ruhestörer / endet er in einem loch / nach kurzem schrägem weg / in einem dunklen feuchten loch / das wie ein gulli nur schluckt / nicht genießt / diese toilettenspülung / dieses tor zur nacht / manchmal schleicht aus dem gelben briefmarkenhaus eine hand / benäßt eine serie wohlfahrtsmarken und zieht sich zurück / wahrscheinlich um einen beschwerdebrief zu schreiben / in dem sich beklagt wird wie der laute überflüssige stammelbrunnen die briefmarkenfreunde einschüchtert / hier hetzen die menschen vorbei / hier trampeln die leute herüber ohne zu wissen was unter ihnen seufzt / kürzlich warf ein chinesischer tourist zwei groschen in den brunnen / es sollte glück bringen / brachte es auch und zwar dem kleinen heiner müller / der hier sein fahrrad abstellen wollte / der kaufte sich davon ein eis / bei müllers heißt der brunnen seitdem zweigroschenbrunnen und heiner durchsucht ihn manchmal mit freunden / doch glück ist glück und nicht gewohnheitsrecht / der brunnen selbst nimmt tabletten / zuviel / sagt sein arzt / der brunnen weiß nicht mehr wie die sonne aussieht und möchte bei bodemanns im cafe stehen / aber da will ihn keiner / er erinnere zu sehr an einen magendurchbruch / so brüllt er weiter / rauscht wie ein verendetes fernsehprogramm / kläfft wie ein pudel unter einer dampfwalze / nur einmal im monat / am samstag um vier / baden sich mäuse in seinem treiben / das hat er ganz gern / weil es so schön kitzelt / gestern nacht hat ein besoffener ihn angereiert / der brunnen dachte schon er sollte zugeschüttet werden und müßte einem mülleimer weichen / aber da hatte er nochmal glück gehabt / erstaunlich / dachte der brunnen / was zwei groschen von einem chinesen für glück bringen können / auch nur ganz klein / glück muß mal sein / /

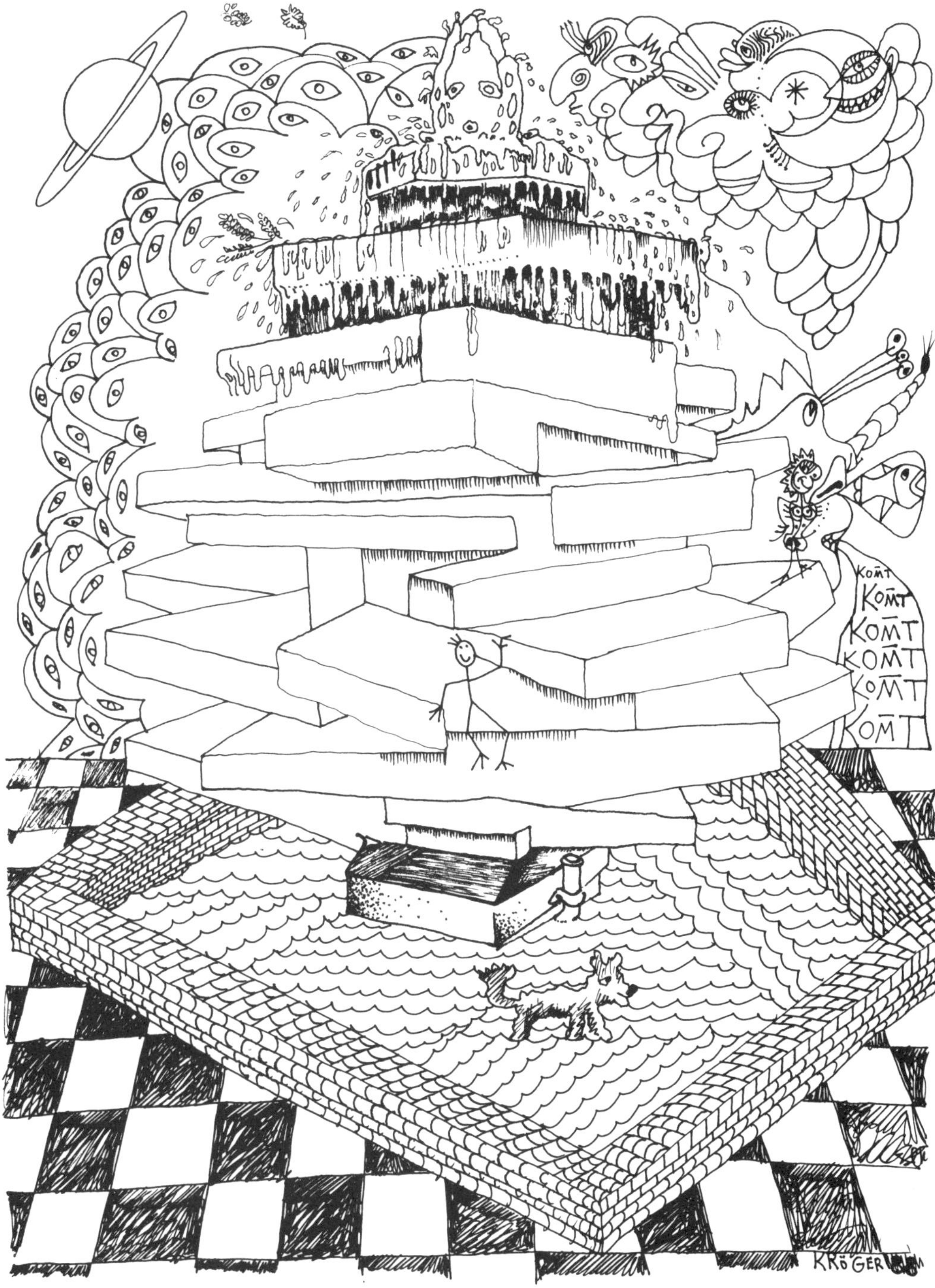

KOMT
KOMT
KOMT
KOMT
KOMT
KOMT
KRöGER

Kreuzungsbrunnen

wie das selbstportrait eines lebensverneinenden brummkreisels / wie ein eingeschlagener meteorit / wie zwölf aufgestapelte computerdisketten / wie das überdimensionale modell eines einbruchsicheren bksschloß-systems / wie ein zeitungsstapel auf der altpapiersammelstelle / wie ein bildhauerklotz im anfangsstadium nach selbstmord des künstlers / hier ist alles zu grau / zu kantig / zu laut / den bürgern der stadt gewidmet / hier schreit man sich an / der verkehr schreit zurück / panik vor der fußgängerampel / rot / rot / rot / dabei ist für den fußgänger grün / so sehr ist die automauer der einzige garant für das sichere überqueren der fahrbahn / davor steht ein brunnen mit body-building-bizeps im wege / eingerahmt im badezimmer design / ein betonkaktus mit wasserstacheln / ringt um atem und meldet sich lauthals zu wort / umsonst / er ist nur laut wie ein überdrehter motor / sein wasser riecht nach verkehr / schmeckt nach verkehr / fühlt nach verkehr / und rauscht wie leer und schwer / wie der verkehr in der rush hour / dieser betontannenbaum mit dem lamettawasser / hier sitzt man nicht / hier zappelt man herum / mit walkman und bildzeitung / wer sich hier niederläßt / der wartet auf das ampelgrün / der hat seinen zug verpaßt / dem ist alles zuviel / selbst hunde machen um diese bergbesteigungstrainingsstelle einen bogen / aus ihm trinken keine tauben / in ihm schwimmen nur coca-cola-dosen und zigarettenkippen / manchmal wird der brunnen wütend und schäumt weiß auf / und sabbert bis über den rand / als hätte ihn ein spaßvogel mit omo gefüttert / die wut ist seine identität / er ein mahnmal für das ende der stille / im winter steht er herum / wie liegengelassene betonteile von straßenausbesserungsarbeiten / keiner holt sie ab / sie bilden das denkmal / manchmal kommt ein wind vorbei und singt unerhört / wenn es regnet / wenn es regnet / ist die ganze welt ein brunnenauffangbecken / in dem wir herumtreiben / in dem wir herumtreiben / wie die enten / quak / quak / quak / quak / /

Von einem Arbeitskollegen

Er, der seine Ohrenspitzen
in die Muschel stecken konnte,
daß es aussah wie:
Schinkenröllchen ohne Spargel und Mayonnaise,
manchmal mit dem Schaum vorm Munde
in den Haltegriffen seiner Linie 17 hing,
wurde oft belacht und gehänselt
wegen seiner Zuneigung dem Apostel Matthäus wohl gegenüber
und, weil er so errötete,
wenn es um Frauen und um Liebe ging

Er war der, dem man einen Schwedenporno
in den Hausbriefkasten steckte
um zu spotten, wenn man ihn mal wieder sah,
drum ließ er sich selt'n sehen und verbrachte seine Zeit
in Taubenzwingern, auf dem Dach inmitten der Antennenwälder,
und das Gurren seiner Freunde setzte oft die Haut in Berge,
dort ganz oben sprach er manchmal mehr, als man ein Leben lang von
ihm vermutet hätte

und da hättest du schon wieder sehen können, wie der Schaum vor seinem Munde stand
und da hättest du schon wieder sehen können, wie gelähmt war seine rechte Hand
und da hättest du schon wieder sehen können, wie das irre Lachen
kurz auftauchte und verschwand ...

Die, die seine Tauben fliegen ließen und die Tür sperrangelweit im
Winde quietschen ließen, grölten noch nach Wochen über sein
Gesicht,
daß er nicht einmal bemerkte, daß der Schlag verlassen war
und sein blödes grugru grugru grugru laut erschallen ließ
so als gibt es nichts, was es nicht geben darf
so als gibt es nichts, was es nicht geben darf

So treibt er sich in Kirchen rum
lauscht den Orgeltönen
und hört gern dem Priester zu,
wenn dieser vom Matthäus spricht
seufzt dann oft und immer lange
und schmeißt ein Vermögen in den Mohren,
daß er auch schön mit seinem Kopfe nicke
mit seinem Kopfe nicke
mit seinem Kopfe nicke

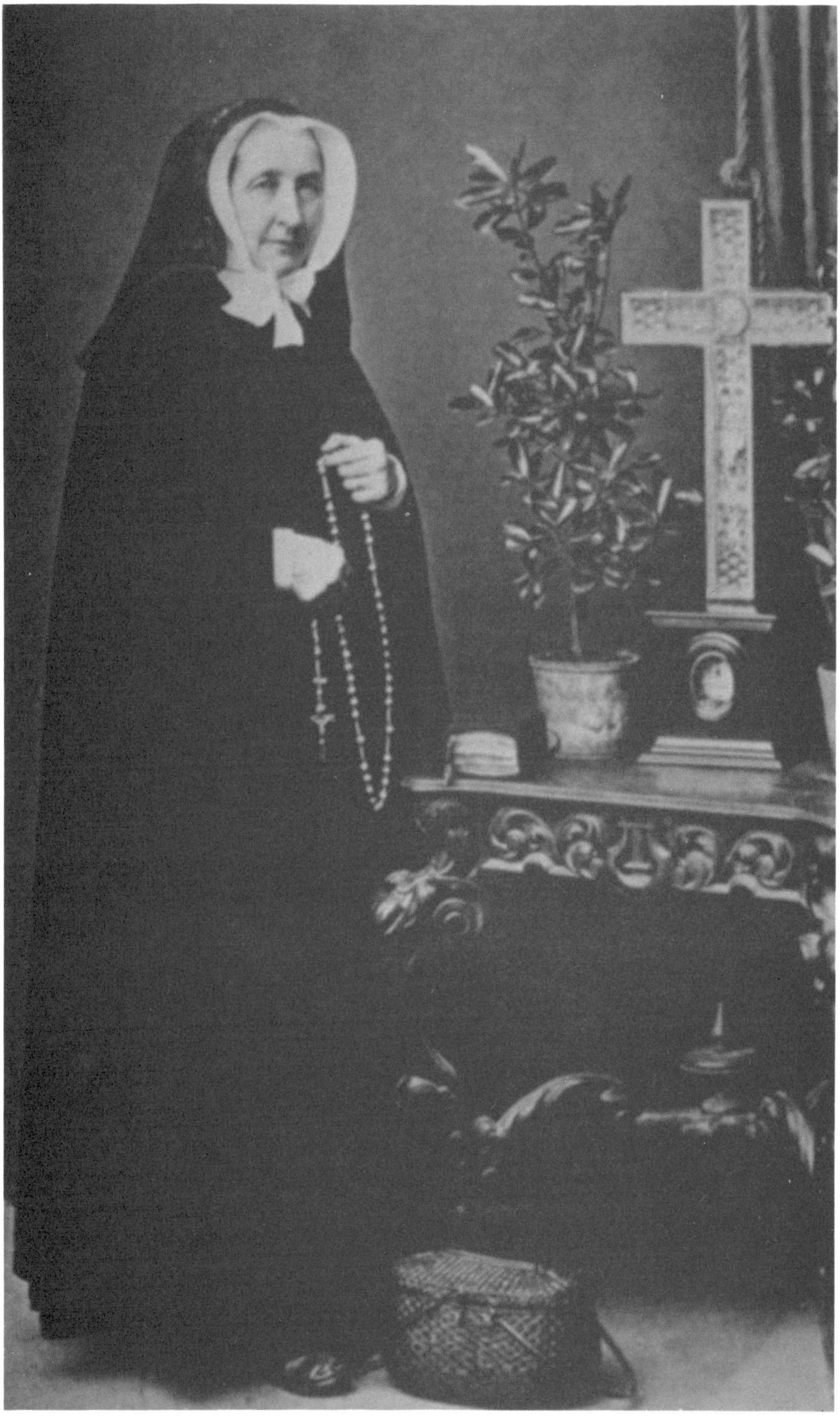

Die Visionen der Pauline von Mallinckrodt (1817-1881)

Eine phantastische Hommage

I. Bild: Der Kreis

Vorgeschichte
Die Wolken des Himmels ziehen wie von Feuer gestachelt über die Pappeln aus Silber der leblosen Stadt. Zwei davon küssen sich (auch wie zwei Liebende) — flüchtig und zaghaft — und schon wird es anders und 1814.

Ludwig van Beethoven steht am Fenster und schaut ihnen zu. Gedankenversunken läßt er den rechten benäßten Zeigefinger über ein Glas roten Inhalts kreisen. Der Ton des hohen H's empfängt ihn mit der Süße des ersten Schlucks. Zuerst war der Ton, dann folgte der Schluck feurigen Rotweins. Wie ausgewogen, wie stimulierend, wie verwandt. Ludwig befeuchtet den Finger wieder und wieder und kreist wie vom Klang besessen den Glasrand. Der Ton schwingt sich durch den entnommenen Schluck zu einem hohen C empor und erklingt beim Nachfüllen des Glases zurück auf sein H. Beethoven lächelt, nicht nur, weil es das dritte Glas Wein ist, welches er, wie er es nennt, „zu aller guten Dinge braucht", nein, auch der Himmel scheint für den Hauch von Gedanken eine Wolkenkette zu ziehen, die den gläsernen Kreis der kleinen Melodie aufnimmt, als sei sie ihnen lieb.

Im Jahre 1814 schrieb Beethoven seine Romanze in G-Dur für Glasharmonika Solo, welche jene Anfangstöne
H-C-H-A-G-D
der Seele des Glases und dem Spiele der Wolken entlockte. Unvergessen auch die Interpretation dieses Himmelswerkes in der Art der blinden deutschen Glasharmonika-Virtuosin Mariane Kirchgeßner, die sich auch als schwungvolle Meisterin von Mozarts Quintett in die Herzen ihrer Kritiker einschlich. „Es ist der geschwungene Kreis, der den vollkommenen Himmelston erzeugt...".

Drei Jahre später
Es ist der 3. Juni 1817. Regierungspräsident Detmar Mallinckrodt läuft wie ein Regierungspräsident gekleidet in seinem geräumigen Amtszimmer im Kreise. In Hoffnung auf einen Sohn beschließt er, ungeduldig und des Wartens müde, Amtsmann Krawinkel, dessen Vorgänger Bemser und dessen holprige Söhne Bruno und Ralf zu bitten, ihm, bis zur Entbindung seines Sohnes von seiner Ehefrau Bernhardine, Gesellschaft zu leisten. Diese kommen nur zu gern. Endlich erfahren die wartenden Männer das Ereignis Bernhardine Mallinckrodt's. Detmar Mallinckrodt ist Vater von Pauline von Mallinckrodt geworden, einem gesunden kleinen Mädchen, von dem später der fast blinde Professor Christoph Bernhard Schlüter aus Münster sagen sollte: „Es ist als ziehe die Gnade einen Kreis um ihre Lieblinge …".
Detmar Mallinckrodt, dem seine Ehefrau bald den ersehnten Sohn schenken sollte, überwindet schnell die nahende Enttäuschung. Er stößt mit seinen Mindener Gästen an. Zuerst mit Amtsmann Krawinkel, dann mit dessen Vorgänger Bemser, dann aus Versehen noch einmal mit Amtsmann Krawinkel und endlich mit Bruno, Ralf und Herrn Specht, dem zuletzt herbeigeeilten Hausdiener und Botschaftüberbringer. Alle letztgenannten drei, der Etikette unkundig, hatten entweder schon einen Schluck getrunken oder sogar, wie Herr Specht, erneut zugeschenkt.
„Sonderbar", sagt Vorgänger Bemser.
„Was ist sonderbar?" fragt Detmar Mallinckrodt.
„Wie sie angestoßen haben", sagt Vorgänger Bemser und fährt fort: „Es ergaben sich genau die Anfangstöne von Beethovens Solostück für Glasharmonika in G-Dur, H-C-H-A-G-D."
So schließt sich der Kreis.

2. Bild: Der Löwe

1832. Pensionat Lüttich
Pauline besucht das Pensionat in Lüttich. Sie erhält von der Internatsleiterin Madame de Beauvoir ein Geschenk. Das Bild mit dem Löwen auf zwei Seilen. Madame de Beauvoir kam aus Paris und sah den Löwen nie stürzen. En souvenir du dompteur van Been et du Cirque d'Hiver de Paris, de frère Bouglione.
„*Der Löw', wie sagt man …, war gar kein Löw, er hieß Victor und konnt zählen. Eins, Zwei, … du verstehst?*"

3. Bild: Die Ohrfeige

Pauline von Mallinckrodt übersiedelt nach Paderborn. Sie entdeckt schnell ihr Herz für die Schwachen.

Im Mai 1841 stellt ihr Bischof von Ledebur Wicheln Räume im ehemaligen Kapuzinerkloster zur Verfügung. Dort kann sie sich um die ihr anvertrauten kranken und liebebedürftigen Kinder kümmern.

Die Welt beansprucht für sich den 14. Juni, als Pauline nach einem geschriebenen Brief: *„Die Gesundheit der Kinder verbessert sich zusehends"* zwei ihrer Schützlinge im Streit versunken sieht. Es sind Uwe und Hans, die sich treten und ohrfeigen. Pauline geht zu den beiden Streithähnen und trennt sie mit den Worten:

Die Welt ist so schön und der Himmel so blau
Und die Lüfte wehen so lind und so lau
Und die Blumen winken auf blühender Au
Und funkeln und glitzern im Morgentau
Und die Menschen jubeln, wohin ich schau'
…

Da geschah es in Paris des gleichen Tages und des gleichen Jahres 1841, daß Herr Salomon Strauss den Dichter Heinrich Heine in der Richelieustraße trifft und ihn nach wüsten Beschimpfungen derb ohrfeigt.

Wen wundert's, daß Paulines Besänftigungspoem, jenen streitenden Knaben gewidmet, eigentlich mit den Versen endet:
Und doch möcht' ich im Grabe liegen
Und mich an ein totes Liebchen schmiegen?
Diese — pädagogisch ratsam — verschwiegenen Zeilen, wie auch der ganze Seufzer, stammen aus der Feder des geohrfeigten Dichters Heinrich Heine und wurden von demselben in den Jahren 1822/1823 verfaßt.
Die Welt ist nicht nur klein, sie ist auch wundersam, und Zufälle stehen nur dem zu Gesichte, der als Löwe über zwei Seile schleichen muß.

4. Bild: Das Verborgene

Es ist der 27.6.1846. Weihbischof Claeßen, Köln, rät Pauline zur Gründung einer eigenen Kongregation.

„Wenn wahrhaft nur die Ehre Gottes das Ziel all meines Wünschens und Sehnens ist, dann gilt es ja ganz gleich, durch wen solche Werke zu seiner Ehre ausgeführt werden; meiner bedarf es nirgends.
Wollte er von mir große Werke und Erfolge, so würde er mich schon in die Lage gesetzt haben, sie tun zu können. Jetzt aber, da ich und meine Stellung so wenig dazu geeignet sind, so begehrt er von mir ein noch weit größeres, inneres Absterben; — das verborgene Leben lieben, das soll ich lernen." (Pauline von Mallinckrodt, Exerzitien 1846)

Während Verborgene die Verborgenen im Verborgenen heilen, stellen andere gut sichtbar Umstände für das Verborgene zur Schau, die Zustände:
„Es ist hohe Zeit, daß die Kommunisten ihre Anschauungsweise, ihre Zwecke, ihre Tendenzen vor der ganzen Welt offen darlegen ...".
(Karl Marx und Friedrich Engels im „Kommunistischen Manifest" aus dem Jahre 1847/48)

Aber in Paderborn haben drei Hasen drei Ohren, und obwohl jeder von ihnen zwei Löffel hat, haben sie zusammen nicht sechs. Das Geheimnis liegt im Verborgenen und erscheint nur gut sichtbar gut sichtbar.

Unberührt von Worten wie „denn die in ihr arbeiten (der bürgerlichen Gesellschaft), erwerben nicht, und die in ihr erwerben, arbeiten nicht ...", erfolgt 1849 die Gründung der Kongregation der „Schwestern der Christlichen Liebe". Pauline von Mallinckrodt:

„Es ist mein fester Vorsatz, in dieser Genossenschaft zu leben und zu sterben und Alles zu meiden, was meinen erklärten Willen wankend machen könnte.

Ich gelobe die geistlichen Räthe der Armuth, der Keuschheit und des Gehorsams.

Ich erkläre dem Dienst der Blinden, der Kinder, der Hülfsbedürftigen meine Zeit und Kräfte, Gesundheit und Leben weihen zu wollen.

Lieber Gott, hilf mir dazu!

Ein Opfer Deiner hl. Liebe möchte ich werden, mich verzehren im Dienste der Nächstenliebe...".

So stoßen Welten aufeinander und trennen sich und leben stetig nebeneinander: Das Helle und das Dunkle, das Schnelle und das Langsame, das Teilende und das Verbindende, das Alte und das Neue:

„Eure Ideen selbst sind Erzeugnisse der bürgerlichen Produktions- und Eigentumsverhältnisse, wie euer Recht nur der zum Gesetz erhobene Wille eurer Klasse ist..."
(Karl Marx 1847/48)

Das Neue und das Alte:

„Für sich schuf er (Gott) uns, ihn lieben, darauf kommt es an, das macht unsere Größe, unsern Wert aus, — nicht das Gekanntsein, das große Wirken in der Welt. Er selber will einst unser Lohn sein...".
(Pauline von Mallinckrodt, Exerzitien 1851)

So stoßen Welten aufeinander und trennen sich und leben stetig nebeneinander, von den einen selig gesprochen, von den anderen verteufelt.

„Der lebte wohl, der verborgen lebte."
(Ovid, Klagelieder 3,4,25)

5. Bild: Das Zeugnis

Die Geschichte besteht auf das Jahr 1874. Es tobt der preußische Kulturkampf. Es ist das Jahr der Bekenntnisse. 15.000 Gläubige versammeln sich zu einer Großdemonstration vor dem Bischöflichen Palais.
Auch Pauline legt Zeugnis von sich ab und stellt sich selbstbewußt dem Fotografen.

„Der Mittelpunkt des Fotos war erfüllt von meinem Gebetbuch. Die geschnitzte Harfe am Tisch, auf welchem auch das Kreuz ruhte, wies in direkter Linie auf mein Nähkörbchen. Diese Linie wurde andererseits begrenzt durch die Kordel hinter dem Kreuz, dieser Kordel, der man nicht ansah, ob sie Zierde war oder von Nutzen, dieser Kordel, die den Knoten dort hatte, wo ich meine Hand beim Rosenkranz und im gleichen Schwung und Fall parallel hielt. Ich stand auf kleinen festen Schuhen, die wie zwei Schildkrötenköpfe unter meiner Schwesterntracht hervorblickten.

Erst später sollte ich erfahren, daß es tatsächlich zwei Schildkrötenköpfe waren, auf denen ich in Paderborn in die Zuspitzung des Kulturkampfes hineinglitt, und die Zeugnis abgaben für die Sanftmut und die Langsamkeit ...".

Das echte Foto ... aus: A. Bungert: „P. v. Mallinckrodt, Schwester der christlichen Liebe ..."

Die Fälschung aus: C. Frenke: „P. v. Mallinckrodt in der Zeit 1817—1881"

Es handelt sich bei beiden Fotos um einen Ausschnitt, der sowohl den Tisch neben ihr mit den Blumen und dem Kreuz als auch vor ihr das Nähkörbchen und das angebliche Schuhwerk verschweigt. Jenes Originalfoto aus dem Jahre 1874 ist vollständig in dem Buch der Paderborner Kulturpreisträgerin K. Sander-Wietfeld: „P. v. Mallinckrodt, Ein Lebensbild nach ihren Briefen und Aufzeichnungen" abgedruckt.

Selbst beim Pontifikalamt anläßlich ihrer Seligsprechung 1985 wurde im Dom zu Paderborn ein Profilbild aufgehängt, wahrscheinlich um die Erinnerung an die beiden Schildkröten und das verschwundene Nähkörbchen (s. u.) nicht unnötig wachzuhalten. Doch wie heißt es in dem alten Rechtssatz: Durch zweier Zeugen Mund wird allerwegs die Wahrheit kund. Es ist nur zu wahrscheinlich, daß die beiden Schildkröten Zeit brauchen werden, um ihr Zeugnis in rechte Worte zu fassen.

6. Bild: Die Schildkröte

Rückblick: Pauline erzählt der Dichterin Luise Hensel — „Müde bin ich geh zur Ruh" — ihre langsamen Beobachtungen:

„Es ist das Geheimnis der Schildkröten, begründet in ihrer Sanftmut und ihrer atemlosen Langsamkeit, zu spät bedacht zu werden.

Es ist dieses Geheimnis, welches ihre eigentliche Entdeckung, sie kann auf über zweihundert Millionen Jahre zurückblicken, bei weitem verzögerte. Man übersah sie bequem und nutzte sie so (in manchen Fällen als Ablage für Körbe oder extrem ignorierend als Sitzhocker). In weiser Voraussicht war auch damals das Lebensalter dieses Reptils im ganzen großzügiger bemessen als heute, so daß sie ebenso großzügig und geduldig auf ihre Entdeckung warten konnten, ohne ruhelos oder stupid zu werden.

Kurioserweise entwickelten jene Tiere trotz ihrer geheimnisvollen Distanz zur Eile ein Gefühl im Entkommen, im scheinbaren Dasein und im plötzlichen Verschwinden, als wende sie gerade in einem unbedachten Moment eine eigene, überlieferte, gereifte Bewegungsart an, die uns ‚so bedacht Bewegenden' unbekannt ist und bisher verschlossen und nicht vergönnt war:

Die Flucht des langsamen Treibens, die Idee des gegenständlichen Denkens, das das Ding zum Erinnern braucht, um es besitzen zu können."

Genaueres hätte vielleicht jene Riesenschildkröte berichten können, die 1918 an den Strand der Insel Mauritius verschlagen wurde, um den Tod Egon Schieles zu verkünden. Aber sie starb dort, zusehends geschwächt und langsam, nach einem langen, leisen Todeskampf einhundertvierundachtzigjährig; einsam und inmitten der auflösenden Wirren des ersten Weltkrieges:

Dann gab es Krieg und hohe Butterpreise
es deliriert das Land. Revolution!
Dem ganzen deutschen Bürgerstand geht leise
der Stuhl auf Grundeis. Nun, man kennt das schon ...

(Tucholsky 1918)

Die alte Schildkröte starb unbefragt und ernährte die Inselbewohner ein halbes Jahr, welches sie nicht weiter störte, da ihr zum Stören keine Zeit blieb und Schildkröten zu ihrem Glück beziehungslose und vorausahnende Tiere sind, die im Innern ruhen und sich ihre eigenen weltfremden Gedanken suchen.

(Nachsatz: Jene beiden Artgenossen auf dem Paulinefoto von 1874 [s.o.], die wie beiläufig versuchten, jenes erwähnte Nähkörbchen aus dem Bild zu schieben, wurden nie entdeckt, nur besagtes Nähkörbchen war nach dem Fototermin verschwunden, was noch Jahre später Anlaß zu erhitzten Diskussionen gab. Aber soviel ist sicher: Nichts verschwindet von allein ...)

7. Bild: Die Uhr

Am Morgen des 26. Märzes 1880 läuft der Dampfer Lima im Hafen von New York ein. An Bord befinden sich
außer einem ehemaligen Boxweltmeister
(dessen Namen niemand aussprechen konnte),
außer dem Taschendieb und Trickbetrüger Slim Miller
(dessen Name wohl ein angenommener war
außer der Lebedame Vivian Rose
(deren Name mit Sicherheit ein angenommener war),

außer dem französischen Löwendompteur Van Been
(dessen Name ein Künstlername und ein überlieferter seiner Familie war),
außer einem Heiratsschwindler
(wie sich später herausstellte, handelte es sich dabei um den „ehemaligen Boxweltmeister", einen deutschen mittellosen Schauspieler),
außer einem blinden Passagier
(der nicht nur seinen Namen nicht wußte, sondern tatsächlich blind war),
noch Pauline von Mallinckrodt nebst ihrer mitreisenden Schwester Chrysostoma.

Pauline in ihren Erinnerungen: „... ein einsamer Matrose, der schon seine Ausgehuniform angezogen hatte, erschreckte mich an der Reeling mit den Worten: ‚... daß endlich der Typhus-Erreger von Eberth, Koch und Gaffky entdeckt worden ist'. Ich erwiderte: ‚... zu freundlich', bis mir einfiel, daß ich ihm vom Abschluß der Bauarbeiten am Kölner Dom berichten könnte, und daß wir — wie es schien — ein gutes Jahr vor uns haben werden. Plötzlich war ich mir nicht sicher, ob so etwas Matrosen in Gedanken beschäftigen dürfte; wahrscheinlicher war es ihm wichtiger zu erfahren, daß wir nach der Weltkarte des Ptolemäus nie unser Ziel New York erreicht hätten, da auf ihr noch nichts von einer Existenz Amerikas zu sehen war. Aber der Matrose war so schnell verschwunden wie meine Gedanken ...".

„... New York sah von weitem wie verlassen aus, ‚was', wie mir der Kapitän versicherte, der übrigens genauso aussah wie der ehemalige Boxweltmeister aus der Nachbarkabine, ‚an der Weltausstellung in Melbourne liegen kann'. New York wand sich wie ein satter Drache vor unseren unschuldigen Blicken. Bedrohlich ragten Giganten aus dem Nebel, seine Zacken, welche sich als Echsenhäuser entpuppten und der Epoche des amerikanischen Konstruktivismus' zuzuordnen waren und nur diskret (leider!) Elemente des Jugendstils mitverwendeten. Meine auffälligen Mitreisenden lachten vergnügt und klatschten in die Hände, daß wir, vom Hafen aus, wie die Künder des Attentats der Nihilisten auf den russischen Zaren erschienen. Ein Pater neben mir, der ebenfalls so aussah wie der ehemalige Boxweltmeister aus der Nachbarkabine, bemerkte in deutsch: ‚... New York ist auch nicht mehr das, was es mal war', als Slim Miller, auch ein Passagier auf der Lima, aus

meinem Buch (ich könnte es beschwören!) von dem flämischen Dichter und Priester Guido Gezelle folgende Zeilen ‚An den Mond' vorlas:
‚Oh wie lieblich gleitest du
Silbermond, in blanker Ruh
über Feldern in der Höh
schwimmend durch die Wolkensee...'"

„... als die Stadt schon über uns ragte, wie ein Schatten, erwähnte Schwester Chrysostoma, daß sie seit Verlassen ihrer Kabine siebzehnmal *freu dich du Himmelskönigin* gesungen habe, und ich mich plötzlich fragte: *wie spät es genau* ist, und wie die Matrosen und Offiziere bei ihrer schweren Aufgabe auf launischer See wissen, wie und wo die Zeiger der Uhr den Tag und die Nacht künden. Der zweite Offizier erklärte mir daraufhin mürrisch, wie zweite Offiziere glauben sein zu müssen: daß sie auf schwankenden Schiffen, auf schlüpfrigen Deckplanken genug Sorge haben, sich Halt zu verschaffen, als in schiefen Räumen nach Uhren auszuschauen ...

Ich überlege: Um Uhren in ewiger Reichweite zu haben, müßten sie mobil sein, auf Rädern stehen oder sogar derart sein, daß man sie bei sich tragen könne, vielleicht befestigt am Hut oder am Kopf.
Ich laß es dabei bewenden und vertraue auf Gottes Rat zur rechten Zeit...".
(Bezeichnenderweise faßte im selben Jahr, 1880, die Kaiserliche Deutsche Marine den Plan, daß ihre Offiziere ihre Uhren ans Handgelenk binden müssen, um immer und überall den Raum durch die Zeit bannen zu können.)

8. Bild: Das Trennende

26./27. April 1881. Zwiegespräch zwischen Pauline von Mallinckrodt und Schwester Afra.
(Flüsternd):
„Was wir trennen scheint auf ewig entzwei
nichts verbindet die Unbeweglichkeit
außer der Starre
wir lassen nichts fallen, was fliegen kann.

Der aufreißende Blitz am Himmel
   scheint kurz den Blick freizumachen
   für das, was dahinter liegt
   doch wer traut zu schauen nach Innen …

   und der Blitz ist nicht von dieser Welt.
   Wie eine Ahnung des Göttlichen
   durchstreift er unsere Gedanken
   und läßt uns mahnen und ahnen,
   was Vollendung ist
   (der Tod im Detail)

   Wie schnell kann das Erdenlos zerreißen
   um wieder neu und ganz zu sein
    …
(seufzend):
   Mir fehlt es an Zeit, den Träumen
   nachzukommen
   doch ist nur ein kleiner Schritt
   zwischen den Reichen …".

Wie zur Bestätigung ihrer Worte zeigt Pauline der Ankommenden ihren Rosenkranz, der sich vom Kruzifix schnell mittig auftrennen und schließen läßt; als schaue das Kreuz bei bestimmten Gebetskettenpunkten nach dem Rechten, um leichtlebige, kleingläubige, schwermütige, hohldenkende kurz zu trennen, um sie — nach Entfernung gereift — wieder zu verbinden, damit sie bitten und beten können der großen Dreieinigkeit, dreieinig und doch Eins.

   Dieses war von Pauline in unendlicher Sorge um den teilenden Gedanken erdacht und genäht worden. Schwester Afra — überrascht vom kleinen irdischen Bild — flüstert erstaunt: „Haben Sie Ihr Nähkörbchen wiedergefunden?" (s. o.) …

   Doch die Zeit ließ noch andere Fragen offen. Drei Tage später stirbt Pauline von Mallinckrodt.

   „Tief betrauert nicht nur von ihren Schwestern in Europa und Übersee, sondern ebenso von ungezählten Menschen, denen sie hier auf Erden begegnet war."

(Nur zwei Jahre später, 1883, nahm der teilende Gedanke Form an und erblickte nach dreißig Jahren, 1913, in demselben Jahr, in dem Charlie Chaplin seine ersten Filme drehte, ein Jahr, bevor sich die Welt teilte beim Ausbruch des Ersten Weltkrieges, als Reißverschluß betitelt, — — das erstaunte Antlitz der ahnungslosen Welt.)

9. Bild: Der Jubel

Im Gedenken an die Rede des Häuptlings der Duwamisch-Indianer vor dem Präsidenten der Vereinigten Staaten von Amerika im Jahre 1855. In Erinnerung an Fritz von Coffranes, der im September 1835 seine Werbung vorbrachte. In Solidarität mit Schwester Caterina Troiani, die zusammen mit Pauline selig gesprochen wurde. Im Andenken an Mutter M Theresia von Jesu Gerhardinger, die ihrer Zeit weit voraus war. In Erinnerung an die beiden Sonderzüge auf dem Wege zur Seligsprechung am 12./ 13. 4.1985:

„O selige entzückende Stunde des Todes!
O unnennbare Wonne, die im Sterben liegt!
Meine Seele jubelt vor Freude und Entzücken im Gedanken an den Tod, an den Brauttag des ewigen Lebens. Herr, wohl fühle ich meine Nichtswürdigkeit, aber ich vertraue deiner unendlichen Barmherzigkeit — und kann das Gefühl des Jubels, dich zu schauen, dir vereint zu werden, das Ziel all meines Strebens und Lebens erreicht zu haben, nicht unterdrücken. Was denn aber, was soll der Gedanke an den Tod bewirken? — Vorwärts, vorwärts, marsch! Ein alles verzehrendes Streben soll mich durchdringen, die Ehre Gottes zu fördern."
(Pauline von Mallinckrodt, Exerzitien 1851)

Nachsatz: Im Jahre 1965 versenkten die Amerikaner im Boden New Yorks zwei Zeitkapseln, die das Jahr 6965 erleben sollen, um später Existierenden einen Eindruck unserer Kultur und unseres Denkens zu vermitteln. Diese Kapseln sind beschriftet mit dem Ovid-Satz:
„*Bene qui latuit, bene vixit*" *[der lebte wohl, der verborgen lebte].*
So schließt sich der Kreis.

Zum guten Schluß:
Siamesische Liebessprüche

Ich verliebe dich
ich vergesse uns
ich lasse mir morgen deine Haare schneiden
es juckt mir unter deinen Fingernägeln
Ich möchte mal allein sein
heute schlafe ich dich aus
das kommt mir nicht in deine Tüte
ich lasse mir morgen deinen Zahn ziehen
ich treffe mich mit deiner Freundin
Ich möchte mal allein sein
ich trete mir in deinen Hintern
es liegt mir auf deiner Zunge
ich nehme dir etwas Schönes vor

Ich verliebe dich
ich vergesse uns
deine Sorgen möcht' ich haben
ich bin ganz außer dir
du bist ganz außer mir

Ich möchte mal allein sein

An diesem Buch haben mitgearbeitet:

Dagmar Geisler: Bus-Skizzen; Monika Broeske: Schaufensterbilder; Reinhard Raulf: Stadtplan; Burkhard Wolf: Reklametafelfotos; Rolf „Rolo" Kröger: Brunnenzeichnungen; Michael „Stani" Greifenberg: Umschlagfoto; Gerhard Gemke: Ballettmusik; Birgit Aßhoff: Tanzchoreographie; Uwe Nölke: Eduschofotos; Erwinus Böckenförde: Bäckerfotos; die IGEL-Crew: Beratung und Hilfe.

DIESES BUCH ENTSTAND MIT FREUNDLICHER UNTERSTÜTZUNG DER FREIMAURERLOGE *Zum leuchtenden Schwerdt* e.V. und könnte sonst gar nicht vorliegen. Ihr gilt mein besonderer Dank.

Bisher sind im IGEL Verlag *Literatur* erschienen:

— Paul Scheerbart: Ja.. was.. möchten wir nicht Alles! Ein Wunderfabelbuch. Mit Illustrationen von Claudia Neuhaus hg. und mit einem Nachwort versehen von Susanne Bek und Michael Matthias Schardt. Geb., 95 S., 19,80 DM, ISBN 3-927104-00-0.

— Auslese. Anthologie Gedichte und Kurzprosa. Hg. v. der Paderborner Werkstatt Literatur. Mit einer Vorbemerkung von Michael M. Schardt. Geb. 135 S., 19,80 DM, ISBN 3-927104-02-7.

— Hermann Ungar: Der Bankbeamte und andere vergessene Prosa. Erzählungen, Essays, Aufzeichnungen, Briefe. Mit einem Anhang hg. v. Dieter Sudhoff. Mit 30 Fotos, Faksimiles und Zeichnungen. Geb., 212 S., 36,— DM. ISBN 3-927104-01-9.

— Erwin Grosche: Über das Abrichten von Grashüpfern. Kleinstadtgeschichten. Mit einem Vorwort von Hanns Dieter Hüsch. Über 30 Fotos, Zeichnungen und Bilder. Geb., 118 S., 28,— DM. ISBN 3-927104-03-5.

— Stanislaw Przybyszewski: De profundis und andere Erzählungen. Hg. v. Michael Matthias Schardt und Hartmut Vollmer. Mit einer Nachbemerkung v. Jan Papiór. Geb., 220 S., 36,— DM. ISBN 3-927104-04-3 (Igels dekadente Reihe 1).

— Expressionismus — Aktivismus — Exotismus. Studien zum literarischen Werk Robert Müllers (1887—1924). Mit zeitgenössischen Rezeptionsdokumenten und einer Bibliographie. Hg. v. Helmut Kreuzer u. Günter Helmes. 2. Aufl. 1989. 344 S., statt 54,— DM nun 18,— DM. ISBN 3-927104-05-1.

— Hermann Ungar: Krieg. Drama aus der Zeit Napoleons in drei Akten. Mit einem Anhang hg. v. Dieter Sudhoff. Mit Dokumenten und Zeichnungen (u.a. A. Kubin). DIN A4, geb., lim. u. num. Aufl., 84 S., 34,— DM. ISBN 3-927104-06-X.

— Gisela Reimnitz: Jahre der Herausforderung. Lebenserinnerungen einer Gutsfrau. Mit einem Vorwort v. M. M. Schardt. Geb., 92 S., 28,— DM. ISBN 3-927104-07-8.

Für 1990 in Vorbereitung:

—Über Eckhard Henscheid. Rezensionen von „Die Vollidioten" (1973) bis „Maria Schnee" (1989).

Für 1991 in Vorbereitung:

— Großes Karl-May-Figurenlexikon. Hg. v. B. Kosciuszko. Ca. 800 S., Lexikonformat. Ca. 88,— DM.